L'eau grise

François Nourissier
de l'Académie Goncourt

L'eau grise

Roman

Stock

À Frédéric Peyron

Je vous dis que cette eau calme, et qui vous semble grise, contient dans ses profondeurs plus de vie que le caprice des vagues. C'est là que vous trouverez le secret de l'amour.

Jacques CHARDONNE.
L'Épithalame.

I

Souvent, le matin, lorsqu'il s'éveillait, son premier mouvement vers elle était de lui poser la main sur l'épaule, et ses premiers mots étaient « Bonjour, ma femme », prononcés d'une voix grave à l'inflexion un peu moqueuse. Une voix qui datait de leurs premiers jeux tendres, du temps où en face d'elle il s'efforçait, comme par une ironie supérieure qui compensait sa jeunesse, de jouer à l'homme.

« Élisabeth, ma femme. » Les mots n'avaient pas fini de l'étonner, ni la situation de l'embarrasser.

Il avait beau faire, le mariage lui réservait sans cesse des surprises, tournait ses défenses et le laissait incrédule, obstiné, indécis, obligé d'endosser sans les avoir révisées des attitudes que tous les hommes paraissent connaître de longue date, et desquelles il n'avait pas eu l'imagination de se garder.

Élisabeth rejeta loin d'elle un cahier volumineux dans lequel elle glissait ses factures et qui lui servait de livre de comptes.

– Si tu veux rembourser Girollin tout de suite, dit-elle, il faudra choisir, le mois prochain, entre nos huit jours de ski et ta bibliothèque tournante.

Un avertissement ne demandait pas de réponse. Philippe garda le silence. « Ce n'est pourtant pas dans ses habitudes de prévoir nos dépenses. » Philippe détestait les conversations d'argent ou d'intérêt. Leurs mots, leurs allusions prudentes, leurs silences brûlaient en lui une pudeur farouche comme la honte. Quand il devait, contre son gré, « parler argent », il le faisait sur un ton de réticence sérieuse, à demi-mot, comme les pauvres et les avares. Ou bien, le plus souvent, il coupait court. C'est ce qu'il fit. Il se leva, changea de place une lampe et s'assit devant le poste de radio.

Tout en tournant lentement, entre deux doigts, le bouton noir, il guettait sur le cadran la marche de l'aiguille. Dijon. Alger. Londres. Trieste. Il accrochait des bribes de langues différentes. Il composait un dialecte incohérent et simplifié qu'il coupait de silences. C'était l'heure du bulletin d'informations. L'Europe racontait sa journée. Philippe déchirait d'un mouvement imperceptible de l'index des éclats de rire indiscrets et monstrueux.

Élisabeth, sans se tourner vers lui, demanda s'il avait enfin trouvé le temps de parler de Gesa au rédacteur en chef de *France-Illustrée.* Sans attendre sa réponse elle ajouta, avec une précision acide, qu'il avait promis à Gesa de faire cette démarche depuis quatorze jours. Elle le regarda. Il fixait avec une attention qu'elle jugea dérisoire le cadran éclairé, dont la lumière verte amaigrissait son visage. Du silence cotonneux jaillit une mélopée arabe amenuisée par la distance.

– Ah non, pas ça, je t'en prie ! cria Élisabeth.

Philippe cherchait quel poste diffusait cette musique. Hanovre ? Hambourg ? Il sourit, car la géographie radiophonique dépaysait l'exotisme.

– Ce n'est pas la peine de sourire, dit Élisabeth, tu sais bien que je ne supporte pas cette musique.

Philippe jugea cette nervosité disproportionnée. Il regarda Élisabeth : elle avait les traits tirés par un effort inexplicable. Ils s'observaient sans cesse l'un l'autre, mais jamais leurs regards ne se croisaient. Il revint à son cadran. Les noms des stations étaient peints sur un miroir, et Philippe voyait son visage se refléter à travers la grille des lettres jaunes. C'était donc *lui-même* qu'il regardait avec une intensité qu'Élisabeth avait trouvée comique. En se levant elle jeta un coup d'œil vers le poste et s'en aperçut. Elle n'avait pas fait de bruit. Philippe ne la devinait pas, debout derrière lui, au centre du salon, qui l'épiait. Il continuait de diriger l'aiguille, avec la sensation de la guider à travers de petites bosses de bruit et de musique qui s'aplanissaient vite sous elle. Son visage très jeune et mal taillé était amolli par la clarté avare. À ce moment Élisabeth reçut au cœur une bouffée de son ancienne émotion, comme un coup. Elle trouva pathétique la fixité du regard de Philippe, la même fixité, pensa-t-elle, qu'il prendrait un jour dans la mort. Mais un sifflement strident, inhumain, sembla jaillir sous les doigts de son mari, et elle se détourna, pleine d'une détresse coléreuse.

Maintenant l'aiguille approchait de la fin de sa course. On n'entendait plus que des murmures et des crachotements, comme si les sons ne parvenaient de là-bas que grignotés. Philippe connaissait bien cette zone du cadran qu'il appelait le bout du monde. Bolzano. Wilno. Ljubljana. Il voulut faire une plaisanterie et leva les yeux vers Élisabeth, mais il ne vit qu'un fauteuil vide et il éteignit sèchement le poste de radio.

Il se retourna, erra au milieu du salon, son esprit hésitant entre plusieurs sollicitations. Il n'aimait pas cette sensation, qu'il savourait ce soir si complaisamment, y trouvant peut-être une arme supplémentaire contre Élisabeth : mais en avait-il besoin ? Il revint s'asseoir dans le fauteuil abandonné par sa femme. « Élisabeth, ma femme. » Pourquoi songeait-il à elle sans raison ? « Je songe à elle, pas à nous. Je ne songe jamais à nous, mais le plus souvent à moi, à propos d'elle. On passe une vie commune penché sur soi malgré l'autre, ou à cause de l'autre. Mais pense-t-on jamais à l'autre ? »

Élisabeth avait fait une fausse couche, quelques mois auparavant. Pendant tout le temps qu'elle avait été enceinte, Philippe s'était inquiété d'elle, l'avait conseillée, questionnée, entourée de soins. Peut-être était-ce là le seul temps – ainsi que les toutes premières semaines, avant qu'il ne fût sûr d'elle – durant lequel il l'eût considérée comme un être autonome. « Ma femme. » Il soupira, étendit les jambes, sortit une cigarette d'un étui, l'alluma, et jeta un coup d'œil sur la couverture colorée d'un magazine. Il se voyait jouer cette scène dans un dédoublement qui était chez lui le signe de la colère ou de l'ennui. Ce long jeune homme qui soupirait, étendait les jambes, allumait une cigarette d'un geste précis et jetait un coup d'œil sur un magazine le remplissait de commisération. Il se sentait son frère. Un frère également attentif et infortuné.

Puis le mécanisme un instant interrompu rendit Philippe à l'enchaînement de ses amertumes et de ses méchancetés. « Élisabeth ne peut pas rester une heure dans une pièce sans y jeter un désordre navrant. » D'un regard inexorable il chercha les mules de cuir sous un fauteuil, les livres éparpillés sur le piano, la cheminée et le tapis, il vida trois cendriers pleins, redressa au mur les gravures déséquilibrées et ferma les rideaux qui bâillaient. Ses yeux se posèrent enfin, lassés, sur le plafond. Il rêva d'un ordre définitif, immuable, étranger à nos humeurs, et qui nous libérerait du poids insistant des choses.

Il sursauta. De la cuisine parvint le bruit grêle d'un cristal qui se brise sur le sol. Puis le silence. Il dut se raidir pour ne pas se lever, prendre un manteau et sortir en claquant la porte de l'appartement. Il se contint. Il renonça même à jeter au hasard quelques mots doucereux et navrés comme on fait en général dans ces cas-là. Il conserva une immobilité tendue et agressive qui lui donnait assez bien l'illusion de la maîtrise de soi.

Élisabeth devait préparer le repas. Philippe reconnaissait maintenant des bruits familiers : claquement de la porte du garde-manger vite refermée pour échapper au souffle froid de la nuit, grincement de l'armoire blanche, petite explosion humide du gaz qui s'allume. Il entendit le pas précis de sa femme qui s'approchait du salon. Il ramena ses jambes sous le fauteuil.

– On pourrait demander à la bonne de prendre un autre jour de congé que le dimanche, remarqua Élisabeth sur un ton conciliant.

« Pourquoi dit-elle “la bonne” puisqu'il s'agit d'une femme de ménage ? »

Bien sûr, le dimanche rendait les choses plus difficiles. Le dimanche allonge les heures, il rend corrosive l'oisiveté si patiemment attendue.

– À quoi songes-tu ? demanda Élisabeth.

– À l'oisiveté corrosive des dimanches, dit-il avec une grimace. Les phrases pédantes prononcées avec une coquetterie moqueuse, une fois sur deux, avaient le pouvoir de dérider Élisabeth. Et puis, comme Philippe pensait naturellement en termes pédants, c'était une plaisanterie impromptue qui ne lui coûtait jamais bien cher. En effet, Élisabeth sourit.

⁂

« Qui suis-je et que suis-je pour elle ? » Il s'imaginait volontiers comme un gros bloc lisse, n'offrant pas de prise, aux arêtes arrondies, de couleur indistincte. Elle, autour de lui, dessinait des figures compliquées, l'attaquait tour à tour sur toutes ses faces, s'irritant de ne pas trouver le défaut de cette surface glissante et froide. Elle avait parfois la fluidité et l'insaisissable rapidité de l'eau. Il devenait alors un rocher au milieu du torrent, jamais entamé, mais imperceptiblement érodé, limé, poli, diminué par son usure patiente. Ou bien encore Élisabeth devenait une flamme et lui une masse de matière incombustible que le feu tentait en vain de gagner.

Philippe aimait ces imaginations de dormeur éveillé. Il s'émerveillait d'y retrouver toujours les mêmes symboles : lui un volume, une pierre, quelque chose de compact et de dense. Elle une lame, une flamme, l'occasion rapide d'un contact brûlant ou glacé – ou d'une blessure. Et c'était bien cela qu'il ressentait en face d'elle, l'impression d'une menace incessante, multiforme; la prescience d'un siège subtil, d'un encerclement, d'une manœuvre sans cesse mouvante, d'un investissement que des allures libérales ou tendres rendaient peut-être plus précis, plus oppressant.

Mais elle ? Sentait-elle comme lui, dans sa chair, l'ironie de ces manœuvres ? Lorsqu'ils passaient comme ce jour de longues heures côte à côte, perçait-elle le secret de cette géométrie : lui tassé, immobile, attentif, fixe; elle tissant autour de lui un réseau de détours, de fuites et de retours, une trame de sollicitations et d'hésitations ? (Ses sorties, ses questions, sa mémoire, son désir.) Déjouait-elle l'absurdité de ces réflexes de la vie commune qui prenaient entre eux des allures conventionnelles de guet ou de chasse ? Philippe sentit pour Élisabeth, au fond de lui, une charité pleine de ressources. Il imagina sa femme mesurant l'envers de cette situation d'assiégeant et d'assiégé, souffrant de tous les maux de l'attente, usant de jour en jour sa tendresse pour lui en attaques toujours plus maladroites, plus inutiles. Elle aussi devait s'épuiser.

Élisabeth lui demanda ce qu'elle devait préparer pour leur dîner, s'il avait faim, s'il n'aimerait pas « sortir » ?

Il proposa du jambon et de la salade, et par sa brièveté même il écartait tout ce qui aurait pu rompre le cours désormais inéluctable de cette soirée, ou le distraire, lui, du songe laborieux où il s'enfermait.

Élisabeth revint de la cuisine au bout d'un moment, et dit qu'ils devraient attendre quelques minutes avant de se mettre à table. Il acquiesça. Élisabeth s'assit enfin, et ce fut pour Philippe comme si le calme renaissait autour d'eux. Il laissa s'installer entre sa femme et lui un silence plus léger. L'âpreté avec laquelle il avait en quelque sorte empoigné la pensée d'Élisabeth s'effaça. Il prit du champ. L'un et l'autre assis dans leur salon, l'un et l'autre le visage détendu, voilà qu'ils offraient un spectacle heureux.

La journée allait se refermer sur elle-même. Ses dernières heures s'étalaient devant Philippe avec leurs paroles, leurs haltes, leurs gestes rituels. Tant de simplicité le désarmait. Ce petit moment du temps, devant lui, renfermait une capacité prodigieuse d'absorption. Les belles forces de révolte patiemment rassemblées allaient s'y dissoudre comme dans un sommeil. Une chimie secrète et honteuse s'élaborait dans le silence, dont Philippe reconnaissait tous les signes, mais devant laquelle il demeurait impuissant.

***

Il ne voyait rien, il n'entendait rien. La concentration de toute son attitude était telle que ses mouvements mêmes ne paraissaient pas déranger une immobilité qu'Élisabeth, rageuse, qualifiait de minérale. Prendre son pain, boire et poser son verre, couper son jambon, se servir de salade, chaque geste de Philippe semblait s'engrener dans un mécanisme qu'il n'avait plus même besoin de contrôler. Il était fermé, retiré de lui-même, absent à lui-même avec une détermination invincible. C'était moins cette attitude qu'Élisabeth jugeait odieuse, que son application à un objet aussi puéril que le déroulement d'un repas en tête à tête. Instinctivement, par un réflexe aussi profond que son désarroi, elle copiait l'affectation de son mari, elle modelait à un mètre de distance ses traits sur les siens, le contour de ses gestes sur le contour des siens, les mesurant, les réduisant à l'extrême, s'obligeant à ne faire aucun bruit. Tout en elle semblait trahir une espèce d'avarice interne, comme si ses vingt-quatre ans se fussent imposé une économie perpétuelle de fatigue et de chaleur. « Il m'oblige à compter ma vie », pensait-elle. D'un geste mal contenu de sa main, en reposant un plat, elle renversa son verre et de l'eau se répandit sur la nappe. Le regard bleu de Philippe se leva de la table et ses traits se disloquèrent dans un sourire.

Depuis trois ans, les repas en commun constituaient la principale épreuve d'Élisabeth. Elle avait découvert, le lendemain de ses noces, qu'on vit vingt et un ans dans sa famille, avec des camarades, en voyage, sans soupçonner un instant qu'un mariage entre Français, au XXe siècle, cela signifie sept cents repas pris en tête à tête chaque année. Cette impréparation monstrueuse, risible, l'avait décontenancée. Son attitude en avait été faussée dès le premier jour. Elle n'avait plus jamais retrouvé, depuis lors, une aisance qu'elle croyait auparavant aussi naturelle que la souplesse de sa démarche ou le son de sa voix. Lorsqu'elle jetait un coup d'œil dans le miroir de l'entrée, en allant vers la salle à manger, elle découvrait que la seule approche d'un repas l'enlaidissait.

Elle savait bien, par expérience, que l'isolement de Philippe n'était pas feint. Mais il restait superficiel. Philippe était moins isolé qu'attentif, fiévreusement attentif à sa présence à elle, à l'ordonnance des objets sur la table, à tous les signes dont ces moments silencieux – le soir surtout – semblaient remplis pour lui. Élisabeth pensait parfois qu'au-delà d'elle-même Philippe visait un ennemi insoupçonnable, ou qu'il attendait de cette tension morne une preuve dont il était avide. Quelle preuve ? Quel ennemi ?

D'une voix douce, Philippe exhorta Élisabeth à reprendre du jambon.

– Tu ne manges rien, tu es imprudente.

Elle reprit une tranche rose, malgré la nausée qui lui tiédissait la bouche. Était-il possible qu'à ce même moment des hommes fussent penchés sur des femmes de son âge, moins jolies qu'elle peut-être, et qu'elles attendissent d'eux un incessant hommage, des compliments, des gestes de tendresse et de désir ? Était-il possible qu'elle appartînt au même sexe, au même milieu, et qu'un temps si court la séparât de sa jeunesse ?

« Qu'ai-je fait pour mériter cela ? » Car elle ne doutait pas d'avoir mérité chacune de ses blessures, même celles que provoquaient, comme ce soir, des coups qui ne lui paraissaient pas destinés. Cent fois déjà elle avait interrogé chaque accident de ces trois dernières années, pour découvrir au moins les étapes de ce vieillissement. Elle pensait « vieillissement », n'osant employer d'autre mot, et finissait par imaginer que toutes les femmes connaissent cela, et que cette amertume est le sort commun des couples après quelques mois de vie conjugale. « Car enfin, nous sommes heureux... »

Elle parcourut alors la pièce, comme elle l'avait fait cent fois, d'un regard plus serein.

On y devinait encore l'installation hâtive, l'indifférence, des preuves d'impatience qui gâtaient des preuves de goût. C'était le coin sacrifié de l'appartement. Après leur emménagement, ils avaient décoré la chambre, le salon et la pièce qui leur servait de bureau commun avec soin, dans la joie de vérifier chaque jour qu'ils avaient des goûts semblables. Puis leur exaltation s'était épuisée, et depuis lors ils n'avaient plus senti le désir de rien améliorer. Élisabeth prenait parfois des résolutions, mais les oubliait aussi vite. La seule pièce qu'elle eût aimé embellir se trouvait au fond de l'appartement. Ils l'avaient fait repeindre en bleu clair lorsque Élisabeth avait attendu un enfant. Puis Philippe l'avait fermée, un matin, et seule la femme de ménage y entrait parfois pour y chercher des objets mis au rebut ou pour épousseter les raquettes de tennis et les skis qu'on y avait rangés. Élisabeth, le jour où Philippe avait rendu à son rôle de débarras la chambre à nouveau inutile, avait guetté en lui un signe de peine, de regret. Par une crainte presque maladive de souffrir, et de souffrir maladroitement, Philippe ne commentait jamais aucun événement douloureux, ou simplement désagréable. Du moins Élisabeth interprétait-elle ainsi son silence, bien qu'elle pensât parfois que la pudeur de Philippe pouvait tout aussi bien passer pour de l'indifférence.

Les repas se terminaient toujours par les mêmes mots de Philippe. Aussi brefs qu'ils fussent, ils apparaissaient à Élisabeth comme une délivrance. Dans le couloir elle posa la main sur le bras de son mari, à peine, puis retourna dans la cuisine pour préparer du café.

C'était un des bons moments de la soirée. Lorsque Élisabeth rentrait dans le salon, portant les tasses et la cafetière sur un plateau, elle trouvait Philippe souriant et prêt à bavarder. Ses démons du repas lui accordaient un répit.

Toutes les journées étaient semblables. Elles offraient une succession de risques et de détentes, de moments aventureux ou plus faciles. Il y avait toujours un cap à franchir, au-delà duquel on trouvait les eaux calmes et le refuge.

– Beaucoup de travail en perspective, cette semaine ? demanda Philippe.

Comment lui expliquer ? En trois ans, il était venu deux fois au Muséum. Il avait parcouru le laboratoire d'un œil morne, trouvant l'endroit « affreusement laid ». Il avait gêné les collègues d'Élisabeth, surpris d'entendre ce jugement de jeune fille du monde prononcé par un garçon bourru et froid. Le lendemain ils n'avaient pas su s'ils devaient ou non parler à Élisabeth de son mari.

– Trop de travail, dit-elle, comme d'habitude.

Elle seule savait ce que cela voulait dire : l'analyse qu'on abandonne après une heure de travail bâclé malgré le « bien sûr » navré du patron, le regard comme accroché à la montre, la sortie hâtive, la recherche d'un taxi boulevard de l'Hôpital pour être rentrée avant Philippe.

– Je finirai par travailler dans un laboratoire de recherches privé, dit-elle, on sait au moins à quelle heure on commence et à quelle heure on finit.

Mais Philippe craignait que le travail n'y fût moins intéressant. Il aimait la savoir au Muséum, dont les salles trop vastes et froides, le cadre un peu vieillot le rassuraient. Il savait que là, Élisabeth lui échapperait moins qu'ailleurs.

Le silence retomba.

– Si Gesa téléphone, que dois-je lui répondre ? demanda Élisabeth.

– Je répondrai, dit Philippe.

Elle ne leva pas la tête et ne parut pas surprise. Elle attendait que Philippe ajoutât quelque chose. « Tu l'as vu cette semaine ? » dit-il. Elle secoua la tête pour dire non, mais toujours sans lever les yeux.

– D'ailleurs, dit-il, il ne téléphone jamais à cette heure-ci.

*
**

Ni la sonnerie du téléphone, ni la voix de Gesa ne prirent Philippe au dépourvu. Pendant tout le temps que dura leur conversation, Élisabeth parut oublier sa discrétion coutumière. Elle ne sembla pas songer à quitter la pièce ; elle écouta même de façon ostensible.

Comme Gesa, selon son habitude, parlait d'abondance, Philippe observait Élisabeth, son air d'avidité, ses mains osseuses enfin immobiles.

Découpant avec patience ses phrases comme il le faisait lorsqu'il téléphonait de son bureau à des importuns, Philippe pria Gesa de l'excuser s'il n'avait pas pris le temps d'exposer sa situation à Monsieur de Bersac. Il ne se contenta pas de donner à son oubli quelque vague prétexte, mais il le motiva avec une précision minutieuse et sèche qui rendait impossible, invraisemblable, toute protestation. Lorsqu'il eut terminé il se tut, laissant s'appesantir entre eux un long silence. Maladroitement – Philippe devina le sourire contraint de son interlocuteur, là-bas, dans la cabine téléphonique d'un café – Gesa remarqua que « d'ailleurs cet après-midi, Élisabeth lui avait laissé deviner cet oubli, ce contretemps... ». Philippe ne répondit pas, attendant que l'autre se découvrît davantage. Élisabeth avait l'air de souffrir, en même temps qu'elle semblait dévorée d'une espèce de curiosité têtue. Enfin Gesa, de moins en moins naturel – dans ces moments-là son accent hongrois empirait et ses phrases devenaient un peu bêlantes – « prit congé » comme il disait, remercia Philippe (« de quoi mon Dieu ? »), le pria de présenter ses hommages à Madame (« pourquoi dit-il Madame ? »), et proposa d'appeler à nouveau dans quelques jours.

Après avoir raccroché l'écouteur, Philippe ne songea pas à regarder tout de suite Élisabeth, tout surpris qu'il était – et penaud – d'avoir remporté sur Gesa cette victoire dérisoire. Il imaginait l'autre sortant de la cabine, s'approchant du comptoir, n'osant pas, avec sa délicatesse hautaine de pauvre, s'en aller sans boire quelque chose comme eût fait n'importe quel Français. Quel visage avait-il ? Blanc, sans doute, avec des rides fines marquées au-dessus de la bouche et en pattes d'oie des deux côtés des yeux. Il portait son manteau de touriste anglais 1925 et de beaux gants de peau trop épais, comme il en mettait naguère pour conduire de longues Mercedes sur les routes allemandes. Il disait : « Un café, je vous prie », et laissait en payant l'exact pourboire qu'il fallait. Philippe l'imaginait tirant de sa poche un portefeuille usé plein de papiers – les réfugiés sont toujours encombrés de « documents » –, l'ouvrant sans que ses traits exprimassent rien et calculant peut-être qu'il n'avait pas assez d'argent pour déjeuner demain. Cette pauvreté fascinait Philippe. Gesa, avec ses trente-cinq ans et son courage obstiné, sa culture, ses souvenirs, ce passé prestigieux des grands riches, était livré pieds et poings liés à la pauvreté. Depuis deux mois il ne trouvait même plus les travaux de traduction qui l'avaient fait vivre depuis son arrivée en France. Socialiste, incroyant, honnête, il n'avait aucune des qualités qui l'eussent fait adopter et protéger par des comités de compatriotes en exil. Méprisant, il mendiait mal. Mondain, il agaçait. La pire misère ne lui avait pas fait perdre ses allures de voyageur, et il se rendait facilement ridicule. Les gens simples se fussent moqués de lui, les autres devinaient un ennemi dans ce compagnon caricatural à qui échappaient parfois des vérités trop dures pour qu'on lui fît confiance. Son dénuement était absurde : il possédait quatorze livres – il les avait comptés –, une garde-robe usagée et trois valises de cuir, avec lesquelles il avait franchi la frontière austro-hongroise dans une voiture russe volée.

Philippe se rassit. Se sentant rougir il déploya un journal devant son visage afin qu'Élisabeth ne pût l'observer. Au fond de sa maison, protégé par tous ces murs, ces meubles, ces activités, ces amitiés, ce réseau de complicités et d'alliances, il avait encore besoin du téléphone pour décontenancer Gesa.

– Le moyen des timides, ragea-t-il.

Il y eut une espèce de trou dans son souvenir. Il se calma. Puis il se souvint des mots de sa dernière phrase, comme si sa mémoire les lui renvoyait par un jeu cruel. « Ne téléphonez pas trop tôt. Je suis fort occupé ces jours-ci ; vous risqueriez de ne pas me trouver. » Philippe se sentit rougir davantage et il passa plusieurs fois, lentement, la main sur ses joues, dans un geste un peu sot qui lui était familier. Il avait honte. Pour la première fois il venait de prendre envers Gesa une attitude qu'il croyait impossible, tout empêtré qu'il était dans la courtoisie du Hongrois. Gesa, son ami ! Car c'est ainsi, dans ces conversations où il est convenable d'évoquer des misères romanesques, qu'il nommait toujours le Hongrois.

Puis il s'inquiéta de ce silence qui s'approfondissait entre Élisabeth et lui, de ces trois mètres impossibles à franchir avec naturel, de cette soirée dont la fragile ordonnance venait encore d'être bouleversée. Il eut peur de ce silence qui allait s'étendre jusqu'à la nuit, recouvrir leur nuit commune. Peur de cette tension dont on ne devinait pas la fin, de cette animosité totale et presque animale dont les signes envahissaient le visage d'Élisabeth et changeaient d'instant en instant son attitude. Il eut peur encore davantage de l'être nouveau qui se glissait entre eux, dont il n'avait pas eu l'intelligence de faire un ennemi loyal, mais auquel il venait de prêter, en trois minutes de conversation téléphonique, toutes les séductions de la solitude et de la souffrance solitaire.

Élisabeth ne disait rien, elle ne dirait rien. Il avait cru rejeter l'autre à la nuit, à la misère, aux rues sales de Vaugirard. Mais il avait rejeté du même mouvement Élisabeth loin de lui, loin du salon plein de leur désordre, loin des heures heureuses de leur vie, loin de la nuit dont l'heure approchait et qu'ils aborderaient l'un et l'autre avec la même panique.

Ce n'était pas du beau travail.

Était-il possible d'effacer ? De rattraper ? Philippe, lâchement, y songea. Il ne pouvait plus joindre Gesa par téléphone, son logeur refusant de passer au Hongrois les communications parce que celui-ci le payait en retard. Il ne pouvait adresser la parole à Élisabeth, ni la prendre à témoin, ni tenter aucune de ces diversions tendres qui détournent pour les couples le cheminement de l'ennui ou des querelles. Chaque minute de silence aggravait cette inhibition. Il n'avait déjà plus le choix entre les parades. Il n'allait lui rester que la plus vaine : la fuite. La fuite sans rien dire devant cette jeune femme glacée, soudain très belle, que chaque instant qui passait rendrait plus forte, moins vulnérable, moins sienne.

Il la craignait. Il craignait cette métamorphose de son indifférence en une réserve ardente et armée. Il avait obscurément attendu cet instant. Il avait peur de cette nouvelle femme qui allait prendre, il en était sûr, la place de l'ancienne, et qui n'aurait plus les mêmes silences, les mêmes confiances, les mêmes faiblesses, et qui serait cependant pour lui la même, celle qu'il ne savait pas aimer. La même qu'il abandonnait à des habitudes, à des rancunes, à des rancœurs. La même ? Une autre ?

Pour un autre homme, voilà qu'elle devenait sans doute une femme nouvelle. On peut aimer tant de fois ! Sans doute un autre homme trouvait-il en elle une richesse inépuisable, voyait-il en elle une infatigable dispensatrice de joie, cherchait-il en elle ces singularités et ces signes que reconnaît un nouvel amour et dont Philippe se détournait avec une indulgence lassée ou coléreuse.

Élisabeth allait se lever. Peut-être passerait-elle près de son fauteuil et poserait-elle la main sur son épaule. Puis elle sortirait de la pièce. Elle fermerait la porte du salon avec une douceur méthodique. Elle regagnerait sa chambre, et, dans une demi-heure, lorsque Philippe irait l'y rejoindre, il trouverait une inconnue attentive à ne point se livrer, dont chaque geste proclamerait qu'elle n'appartenait à personne.

Il ne repliait toujours pas son journal. Il sentait son visage trop chaud, toujours, bien que le sang s'en fût retiré. Ses pieds et ses mains étaient glacés. Il voyait ses doigts crispés sur la feuille prendre aux jointures une teinte cireuse. Il ne bougeait pas la tête. Ses yeux restaient fixés sur le même point flou, au centre de la page, et les lettres se brouillaient, sortaient de la feuille, y dansaient, deux larmes énormes, enfantines, ayant noyé les yeux de Philippe.

Toutes les images de trahison et de solitude qu'il avait toujours repoussées, les soupçons tenus pour impossibles, toutes les mauvaises raisons de cet absurde pari avec le sort s'imposaient enfin à lui et triomphaient. L'avenir n'en était pas encore bouleversé, mais le passé y trouvait un sens nouveau, scandaleux, désordonné. Ainsi le temps basculait-il autour de cet instant, rendant Philippe à cette évidence désormais inéluctable qu'Élisabeth et lui n'avaient plus partie liée, qu'ils n'avaient jamais eu partie liée, qu'ils n'étaient que des étrangers.

⁂

– Le courage, dit un des jeunes gens. Je n'estime que le courage. Choisir une voie et s'y tenir.

Il avait la voix impérieuse, un profil souriant de fille. Gesa, adossé au mur, semblait attendre que la cabine téléphonique fût libre, bien qu'il en sortît à l'instant. Il observait le jeune homme qui avait parlé et ses compagnons. Une femme maquillée, un autre garçon plus jeune. C'est ce dernier qui répondit :

– Moi, je crois à la clairvoyance. À ceux qui savent attendre, peser, chercher où est leur intérêt. Ne pas oser faire machine arrière, c'est idiot. D'ailleurs la vérité...

– La vérité, c'est ce qu'on choisit.

Gesa se détourna, plein d'une étouffante moquerie. Le plus jeune des garçons, que gênait le ton sans réplique de son voisin, avait jeté un coup d'œil autour d'eux et rencontré le regard de Gesa. Ils étaient tous trois attablés dans un alvéole de moleskine rouge. Les supports à chapeaux chromés reflétaient des lumières. Les publicités bicolores de Cinzano faisaient caracoler des zèbres sur les grands miroirs.

– ...Bien sûr, mais regarde ce qui s'est passé depuis la Libération...

Une jeune fille passa et entra dans la cabine sans regarder Gesa. Il n'était que neuf heures du soir. Il y avait encore beaucoup de monde au comptoir. Gesa alla vers la caisse et commanda, sans s'accouder, un verre d'eau de Vichy qu'il but lentement, observant entre chaque gorgée la salle autour de lui, ou l'image, dans les glaces, de son visage blanc. Puis il resta tout à fait immobile. Les voix ne se distinguaient plus les unes des autres. La jeune fille sortit de la cabine. Bientôt une autre jeune fille l'y remplaça. Elle sortit à son tour, le buste redressé, avec l'assurance excessive des femmes seules le soir. Deux clients payèrent et sortirent, et un peu de silence tomba, comme s'il eût été tard. Quelqu'un entra pour acheter des cigarettes. Un homme demanda à la caissière des cigares « Ninas », les paya, puis, se ravisant, revint sur ses pas, les échangea contre un paquet de Gitanes vertes et demanda un jeton de téléphone. Il vint s'appuyer au comptoir, près de Gesa, et lui aussi attendit. Maintenant la cabine téléphonique était libre. Gesa fit un mouvement. À ce moment son voisin parut vouloir se porter en avant et Gesa n'acheva pas son geste. De nouveaux clients entrèrent, dont l'un dévisagea Gesa avec curiosité. Enfin l'homme aux Ninas se dirigea vers la cabine et s'y enferma. Gesa quitta le comptoir, alla jusqu'au fond de la salle, près de la porte brune derrière laquelle on entendait une voix. Il jouait avec deux jetons de cuivre au fond de sa paume.

Entré à son tour dans la cabine, il y retrouva une odeur d'encaustique. Le cafetier rangeait ici ses brosses et ses balais. Au mur, des usagers avaient griffonné les numéros que leur dictaient leurs correspondants. L'un avait même écrit toute une phrase, qu'il avait soulignée, alourdissant les premières lettres de chaque mot d'enjolivures compliquées. « Passer à dix heures rue du Dragon. »

Gesa composa un numéro, de mémoire. Il enfonça le bouton sans que son visage bougeât.

– C'est vous ? dit-il. Ici, Gesa.

– ...non, près de l'Odéon.

– ...Je ne crois pas que ce soit possible. Ni demain.

Ses silences à lui étaient très longs. Son visage avait encore pâli, mais ses traits n'exprimaient rien qu'une patience tenace.

– Non, pas exactement. C'est plus simple. Disons si vous voulez que désormais ce sera toujours impossible.

– ...Comment répondre ? Dire que les choses deviennent plus difficiles ? Vous avez raison : ce n'est pas tout à fait une réponse. Disons que c'est mieux ainsi. Pas seulement pour vous. Pour moi aussi.

Il y eut un long silence. Comme un bruit confus parvenait de la salle du café, Gesa boucha son oreille gauche avec son index, ainsi que font dans les bureaux les employés subalternes qui n'osent pas imposer silence à leurs voisins.

– Merci. Vous êtes loyale.

Il y eut encore quelques membres de phrases hachés, et un prénom, Inga, que Gesa prononça presque bas.

Il ne se hâta pas de raccrocher l'écouteur, comme s'il eût craint de paraître maladroit ou impoli.

Il s'adossa au mur du fond et sortit de sa poche un mouchoir pour essuyer une sueur épaisse qui lui graissait le front. Son oreille gauche, malmenée, était écarlate.

Il sortit de la poche de son manteau un calepin et chercha une adresse. Lorsqu'il l'eut trouvée, il posa le carnet en équilibre sur l'appareil et fit le numéro, en vérifiant avant chaque petit geste circulaire de l'index qu'il ne se trompait pas.

Les premiers mots de sa conversation amenèrent sur son visage un sourire tiraillé. Il commença plusieurs phrases sans pouvoir les achever, comme si son interlocuteur l'eût interrompu pour un bavardage sans importance. Il sortit encore son mouchoir et s'épongea le front, l'air de l'assassin traqué dans les mauvais films. Il disait de temps en temps « oui », ou « bien sûr », d'une voix harassée. Puis son visage changea encore une fois. Il gardait son mouchoir à la main. Quelqu'un ouvrit la porte de la cabine, et Gesa tourna vers l'indiscret un regard haineux en retenant un cri.

– Ce n'est rien, dit-il, on me dérangeait.

– ...Oui, c'est cela. Enfin, d'un café.

– Parce que c'était très urgent, cher ami. C'est à propos de cette proposition que vous m'aviez faite, de m'introduire auprès de Monsieur votre beau-frère.

Plusieurs fois il tenta en vain d'articuler une parole. Enfin il put placer quelques mots dans le silence plein d'un crachotement bavard.

– Pour moi, c'est une question de jours. Je pourrais presque dire d'heures.

Il souffla dans l'appareil un petit ricanement misérable.

– Le mot est un peu déclamatoire, mon cher, mais il s'applique assez bien à ma situation. Pensez-vous que je puisse conserver un espoir ?

Son visage redevint attentif. L'air d'un homme d'affaires qui écoute le rapport d'un subordonné.

– Non, fit-il, je ne peux pas attendre jusque-là. Je peux attendre jusqu'à demain. Seulement jusqu'à demain.

Il écouta encore, les yeux fermés.

– Non, mon cher. À quoi cela servirait-il ? Je ne pourrais pas vous le rendre. Vous sentez bien que je ne peux plus attendre, n'est-ce pas ? Mais vous êtes cependant très bon, très généreux...

Il garda les yeux fermés. Un peu de sueur coulait de ses sourcils sur ses paupières. Une brève attente contractée, difficile.

– C'est entendu, demain, dit Gesa.

⁂

Philippe descendit l'escalier de l'immeuble en automate, le mouvement de ses jambes, pliées sous lui par saccades, indépendant et comme involontaire. Il connaissait cela. Quand l'âme, le cœur, la partie silencieuse de lui-même s'abandonnait, il arrivait que ce fût le corps qui résistât, tînt bon, pendant que l'imagination s'arrachait à la maison fermée et cherchait l'air libre.

Il dut attendre un moment devant la loge de la concierge qu'on lui ouvrît la porte.

Les rues découpaient leurs géométries d'ombres : double muraille, long couloir étranglé à la hauteur des premiers étages, entre les masures vieillies, ventrues, nobles. Dans le commencement de la nuit traversée de souffles frais, la ville sentait moins mauvais. Tout à l'heure, tôt dans le matin, les camions qui apportent aux Halles les légumes d'Arpajon feraient trembler les maisons. Pauvre campagne, pauvres jardins que de vieux Renault à mufles de taxis de la Marne amènent clandestinement, à l'aube, et déversent dans le pourrissoir des Halles à la sauvette.

« ...Mon cœur est ailleurs, mon cœur est d'ailleurs, mon cœur est près de toi... » Ailleurs ? Ou bien près d'elle ? Elle, Élisabeth, la jeune fille blonde des chansons et des promenades, le fantôme de la vie ancienne, le reflet imparfait de la vie ancienne, il l'avait abandonnée, seule dans la chambre, au fond de l'appartement, dans l'air vicié, raréfié, de la nuit quotidienne. « Dors, disait quelquefois Élisabeth. Pourquoi ne dors-tu pas ? » Et Philippe répondait, comme s'il eût été un enfant : « Parce que la vie est méchante. »

Élisabeth lui disait alors que ce n'était plus la vie, que c'était la nuit, et qu'il fallait dormir.

Mais Philippe savait que les jeux d'avant le sommeil mentent et que la vie ne déserte jamais. La vie reste attentive, elle persévère toujours dans ses complots, elle se couche au pied du lit comme une bête. On retrouve au matin sa fidélité encore chaude d'hier, jamais neuve et jamais usée.

Il avait pris l'habitude de courir les rues, croyant qu'elles échappaient à cette veille tenace.

Les cafés étaient encore ouverts. Il n'était pas très tard. Des Nord-Africains vendaient des oranges dans leurs voitures de quatre-saisons. Les jeunes gens enamourés de dix heures du soir passaient en bandes avec des rires qui se prolongeaient et reprenaient nerveusement ailleurs. Des taxis faisaient la maraude. Quelques filles juchées sur des talons hauts, la silhouette toute en bosses rondes et cintrées, se hâtaient vers la rue Cujas. « Quelles images de la vie font crier les mourants sur leurs lits ? Quel bonheur ne peuvent-ils se résoudre à abandonner ? À quels radeaux désemparés s'accrochent les naufragés de la dernière heure ? »

Philippe suivit le boulevard Saint-Germain, remonta vers l'Odéon, prit la rue Racine et retrouva le boulevard Saint-Michel. Il monta, descendit, tourna autour du musée de Cluny. Il traçait ainsi, d'une marche aussi précise qu'une manie, le périmètre exact où enfermer les décors de tous les âges de sa vie. On n'est pas attaché à une ville. Mais un quartier! On y est rivé, collé, soudé. Comme rivent, collent, soudent les vices. Comme par une obscure loi organique.

Dans ces rues qui auraient fait un village, Philippe ne reconnaissait plus personne. Les commerçants, qui avaient vieilli, ne le saluaient plus. Et lui, en les voyant, s'étonnait que tant d'années se fussent écoulées. Tous les jours, son métier l'arrachait à ce quartier et le jetait en pleine rive droite, entre la Bourse et l'Opéra. Il avait même cru que le contact allait enfin se rompre. « Vingt rues et deux stations de métro ne font pas une prison... » Il y avait de cela presque quatre ans. Il avait hésité, attendu avec anxiété la délivrance. Il s'était imaginé redevenu un errant dans cette ville qu'il connaissait mal, y choisissant ses gîtes, le lieu de ses repos, de nouveaux itinéraires. Il en avait pressenti une panique. Il conservait de ses efforts un souvenir apeuré, dépaysé. Il s'était senti seul, coupé d'un organisme nourricier. La sensation était juste. Ce quartier : il en vivait. Il s'y chauffait. Il ne devait pas y chercher des aventures, mais une tanière. Il s'y lovait. Il y revenait mener une vie parasitaire. Le mariage avec Élisabeth avait mis un terme à ces velléités d'évasion. Ils s'étaient retrouvés, par la force ironique et compliquée des choses, dans le vieil appartement. « La maison », disait-il pour faire illusion. Il l'avait reconnu avec une avidité un peu confuse. Élisabeth ne devinerait jamais tout ce que cachaient ces mots innocents : « ...Ferme les volets à une heure. En juin le soleil brûle tout dans le salon dès le déjeuner. » Ou encore : « ...Mais non, il n'est pas trop tard. Tu trouveras de la moutarde rue Hautefeuille, chez le vieil Italien. C'est un filou, mais sa boutique reste ouverte le soir... » Le passé resurgissait, fermentait. Les bruits, les murs le dégorgeaient comme une matière empoisonnée, et ses exhalaisons traînaient partout. Entêtantes. Impitoyables.

⁂

À la terrasse d'un café de la rue Soufflot, Philippe s'assit à côté de deux jeunes gens qui bavardaient. Ils devaient appeler cela « discuter », dans leur jargon, ou « graisser le monde ». Ou bien se prenaient-ils au sérieux ? Philippe les envia. Six ou sept ans auparavant, buvant un verre ensemble, ils se fussent découvert un même vocabulaire, un même code. Qu'est-ce qui le séparait d'eux aujourd'hui ? La référence à de nouveaux signes ? Ou la disparition, dans son ciel, de tous les signes ? Peut-être cet anneau d'or à son doigt ? Ce poids inconcevable, pour une vie si légère, cette addition de problèmes, de détails, de contraintes dont la somme est une vie d'homme, et qu'aucun de ces jeunes gens n'imaginait, et qu'aucun sans doute n'eût supportés. En face, à la station de taxis, les chauffeurs avaient replié leurs journaux; ils adoptaient leur posture tassée et résignée de la nuit. Qu'auraient dit ses deux voisins, si Philippe, en se tournant vers eux, avait déclaré : « Il n'y a qu'un seul problème, c'est d'avoir une âme petite et de rêver d'un grand destin, une vie étroite et de rêver d'un grand amour. » (Il voulait dire « être condamné à une petite âme, à une vie étroite ».) Mais ces mots ne sonnaient pas juste. C'étaient des mots de vieux. Que resterait-il à découvrir, si l'on faisait sa pâture, si tôt, de la vérité des vieux ?

Alors Philippe se leva, sortit de la cage vitrée que chauffait un poêle en forme d'obus et retrouva la nuit. Une fois encore, il allait s'enfoncer en elle avec une animalité heureuse, assouvie. Elle était une grande forêt aux caches sûres.

⁂

Maintenant que la pensée d'Élisabeth avait repris possession de lui, il était comme enfiévré, secoué par la hâte de se retrouver auprès d'elle. Ainsi vont les disputes, les malentendus, les brouilles. Pendant quelques minutes ou quelques heures un trou se creuse entre la femme et l'homme, s'élargit, s'approfondit, qu'aucun des deux ne croit pouvoir jamais franchir. De toute leur obstination ils repoussent l'autre et se livrent aux facilités d'un silence de sourd. Chacun se permet, vis-à-vis de soi, toutes les démagogies. Aucune concession à la fidélité – toutes les concessions à la rancune. Puis il suffit qu'un mécanisme se déclenche au fond de la mémoire ou de l'imagination, et voilà soudain – tourmenté, insistant – un sentiment qui ressemble à s'y tromper au remords. Il envahit tout, transfigure, par une étrange transposition, le visage qu'on imaginait, là-bas, méfiant et ennemi, et l'on se sent submergé du désir enfantin d'y effacer la souffrance et d'y faire apparaître un sourire. Il faut se dépêcher. On craint un geste de colère, un accident, quelque détermination irrémédiable, un départ, un nouveau malentendu, plus grave, s'ajoutant à la longue liste des promesses oubliées ou mal tenues. On se donne un rôle important, on plaint l'autre, on pense lui être indispensable, avoir « beaucoup fait pour lui », trop sans doute pour oser le décevoir. On court vers lui dans un élan de pitié brûlante, comme pour l'en nourrir, de cette pitié, l'en gaver, l'en étouffer. Mais en moins d'un instant tout a changé. Seuls les sentiments nobles ont cours. Et tous ceux qui se sont hâtés vers une réconciliation connaissent bien le poids vif et douloureux de cette noblesse, ils se souviennent de l'avoir portée en eux comme une colique délicieuse, et d'être allés vite, vite, sans songer à rien d'autre qu'à se soulager et à retrouver une paix assez comparable à celle que donne un ventre vide. Ainsi les gosses déplaisants savent-ils offrir à leur mère des violettes qui leur brûlent les doigts, et dont ils ont hâte de se débarrasser, puisque c'est un marché – et qu'il ne dupe personne. Ainsi court-on de rue en rue, expédie-t-on son travail, repousse-t-on des dossiers, annule-t-on des rendez-vous, avale-t-on sans les mâcher plusieurs heures du jour pour qu'arrive plus vite l'heure du retour, du pardon, du plaisir peut-être, puisque la sollicitation en gît de toute éternité au fond des violences qui dressent un homme contre une femme.

On monte un escalier en s'essoufflant, on sonne, on ouvre une porte. On s'arrête un moment pour feindre d'hésiter, de craindre une réaction imprévisible. Mais on sait bien que la bonne affaire est réussie. Là, derrière un mur, l'autre a connu en quelques heures le même flux de réflexes conventionnels. L'impatience a aiguisé chez lui aussi un énorme appétit de bonheur. Et il attend la célébration de ces noces étranges, dans lesquelles, d'année en année, la magnanimité, la douleur, la connivence forcée remplacent si bien la passion.

⁂

Philippe traversa en silence l'appartement. La moquette amortissait le bruit de ses pas. Sans s'en rendre compte il ouvrit la porte de la chambre avec la dextérité anxieuse d'un cambrioleur.

Et il eut peur. Élisabeth était allongée sur le lit, le corps déjeté, une main ouverte dans le vide et le bras gauche replié sur son front. La lumière crue de l'applique murale donnait une teinte terreuse à sa robe de nuit; les couvertures étaient en désordre. Philippe traversa en deux pas l'espace qui le séparait du lit et cria trop fort, dans le silence, le nom de sa femme. Élisabeth avait dû s'endormir en lisant, car un journal était tombé sur le sol.

Elle l'avait donc attendu ?

Arrachée à un rêve épais, Élisabeth trouva Philippe penché sur elle avec un visage de témoin pour accident grave. Elle sentit ses propres yeux brûlants, à cause de la lumière, à moins qu'elle n'eût pleuré pendant son premier sommeil... Philippe, lui aussi, pensait à ces larmes inconscientes du début de la nuit. L'anxiété ni la gaucherie de son attitude ne se démentaient. Alors, sentant sur son mari le frais de la rue, le frais de sa grande complice nocturne, Élisabeth parvint avec effort à se composer un sourire moqueur. Ainsi excluait-elle Philippe à coup sûr de cette faiblesse dans laquelle il l'avait surprise. Il se releva, alla d'un bout à l'autre de la chambre, feignant de façon désordonnée de chercher ou de remettre en place de petits objets. Puis, n'ayant rien trouvé à dire, il sortit.

Pour Élisabeth, qui n'avait pas entendu Philippe crier son nom, le silence n'avait pas été rompu. Elle s'aperçut que le sourire moqueur de tout à l'heure était toujours plaqué sur ses traits, décoloré, grimaçant. Elle se massa pensivement les joues et le front. Elle songea que Philippe l'avait peut-être crue malade. S'il avait eu peur, ce sourire avait dû lui paraître odieux, donnant à toute cette scène – elle endormie, presque nue, en travers du lit – le sens d'une comédie ou d'un calcul. Élisabeth trouva injuste qu'une maladresse pût suffire à tromper Philippe. Mais aussitôt elle lui en voulut d'avoir pu la croire capable d'un calcul. Ainsi sa rancune avait-elle deux faces, une de mensonge et une de vérité. Et la rancune elle-même ne cachait-elle pas un autre mensonge, plus subtil ?

Élisabeth éteignit la lumière, afin qu'en revenant Philippe ne vît pas son visage.

La bonne affaire, cette fois, était ratée.

⁂

Après avoir l'un et l'autre longtemps tenu pour les lits jumeaux, Élisabeth et Philippe, à huit jours de leur mariage, avaient opté pour le « grand lit », le lit commun.

« À la bonne heure, avait dit une tante d'Élisabeth, chambre commune et lit commun, c'est le secret du bonheur. » C'est à partir de ce jour-là que Philippe avait appelé le petit bureau « la chambre d'Élisabeth », avec obstination, parce qu'on y avait relégué un divan. « Nous l'avons voulu », avait coutume de penser Élisabeth, à propos de multiples détails de leur vie quotidienne qui la torturaient. Elle songeait ainsi lorsqu'elle était souffrante ou fiévreuse, si Philippe rentrait tard, ou simplement quand elle dormait mal. À vrai dire, ils n'avaient rien voulu. Les jours qui précèdent un mariage s'écoulent dans le désordre. D'obscures raisons de carpettes, de tentures et de fil électrique avaient fait condamner par le tapissier les lits jumeaux. La vieille maison se pliait mal aux usages de ses nouveaux occupants ; ses habitudes et ses itinéraires étaient déjà fixés et s'imposaient irrésistiblement aux nouveaux venus, en même temps qu'un style de vie qui repoussait Élisabeth. Du moins l'entendait-elle ainsi.

⁂

Élisabeth ne dort pas.

On dit beaucoup de bêtises, en parlant des couples, sur « les nuits qui rachètent les jours ». Les nuits des couples sont vides, étales, et les luttes ou les paix charnelles n'y prennent pas forcément ces allures de compensation obscure que leur confèrent les moralistes trop zélés. Luttes charnelles, paix charnelles : les choses sont plus simples. Pourquoi, pense Élisabeth, travestir une vérité si claire ? Pourquoi taire ce secret mal gardé ? Une tristesse très ancienne élégamment formulée, une joie très ancienne, une expérience universelle : voilà ce que cèlent les nuits d'un couple. Ses infortunes, ses pudeurs, ses dérèglements, toute la misère des gestes de l'amour méritent-ils ces brefs silences et ces gros livres ? Enfantine Élisabeth ! Oui, enfantine. « Pourquoi ne dit-on pas qu'un homme et une jeune femme, au fond de leur nouvelle chambre, sont des enfants que leurs pouvoirs, leurs droits stupéfient et déçoivent, et qui s'étonnent que cette épreuve ait cessé si vite d'être une faute, pour engendrer tant de devoirs... »

Des enfants. Et les enfants ont moins d'imagination qu'on ne dit, et moins brûlante.

Élisabeth se retourne encore. Elle attend le sommeil avec une passion lassée. Elle passe plusieurs fois sa main sur son visage trop chaud, pour décourager d'insistantes images.

Ses insomnies seront-elles au moins préservées de ces images ? Restera-t-elle pendant ces premières heures de la nuit pure de calculs, insoumise aux sursauts anonymes de son corps ?

Élisabeth n'aime pas son corps. Elle avait accepté ce compagnon simple, soigné, docile, inséparable du bain ou de la joie de la mer et des jeux sur la plage. Mais elle n'avait jamais évoqué ce qu'il nourrissait déjà de secrets. Elle s'efforce aujourd'hui de prolonger, à l'orée de sa vie de femme, cette indifférence où entrait beaucoup de peur.

Philippe non plus n'aime pas son corps, mais aime-t-il le corps d'Élisabeth ?

Élisabeth repousse l'image interdite de leur autre vie, la montée lente du souvenir de leur plaisir, tout ce qui appartient à l'ombre, au silence, aux zones profondes de la mémoire.

Élisabeth se défend.

Les livres mentent, les confidences mentent, qui bouleversent la loyauté patiente des hommes et des femmes. La vérité ment, n'est-ce pas, Élisabeth ?

Comment Philippe l'aime-t-il ? L'aime-t-il tout entière ? Assez pour lui révéler ce qu'il a peut-être révélé à d'autres femmes, ce qu'il a peut-être appris d'autres femmes ? Question dérisoire, interdite, qu'Élisabeth espère en vain disputer à la curiosité impure de tant de femmes. « Race de frustrées », pense-t-elle. La voilà donc à son tour « clairvoyante », habile, prête au partage, aux concessions, aux marchandages ?

Par instants de grands faisceaux blancs segmentent au plafond le cercle sombre de la nuit. Des voitures passent dans un bruit soyeux et humide. Élisabeth résiste à l'envoûtement de l'insomnie, à l'enchaînement de pensées, d'images qui peuplent les veilles involontaires. La logique y prend des revanches éclatantes. Élisabeth résiste. Elle n'aime pas la nuit. Elle n'aime pas les syllogismes désespérés de la nuit, ces raisonnements articulés comme des équations, qu'on mène les yeux grands ouverts sur le noir, jusqu'au point où ne subsiste plus la moindre parcelle d'espoir. Elle n'aime pas non plus la richesse expansive et fugace des rêves.

Demain le matin dissipera jusqu'au souvenir de la nuit, mais pour l'instant Élisabeth reste livrée à ses faux pouvoirs, spectatrice d'une image d'elle-même fidèle jusqu'à la caricature. La nuit a bonne mémoire. Elle déjoue les ruses du jour. Des mots insignifiants surgissent de l'oubli du jour et forcent rageusement les rêves, les pensées avides et incohérentes du demi-sommeil.

Élisabeth veille.

Le prêtre lui a posé une question absurde. Il a demandé à Élisabeth si, près de son mari, « elle se sentait heureuse ». Il n'a pas dit seulement heureuse, il a ajouté : « apaisée, comblée ». Que dire ? Des femmes sont-elles capables de répondre à cette question, et de donner à leur réponse la forme d'un aveu ? Fallait-il évoquer la vie quotidienne, l'entassement des jours et des mois, tant d'instants rapides et sans poids qui font une vie si lente, si lourde ? Il aurait secoué la tête, et ramené Élisabeth à la question hors de laquelle elle tentait de s'évader. « Non, mon enfant, près de lui... »

Des pans d'ombre tombent parfois sur la lumière crue du demi-rêve. Élisabeth s'endort un instant, mais un sursaut la rejette à sa veille, attentive et le cœur tout disloqué, comme si quelque méfiance profonde la gardait du sommeil, la protégeait comme d'un maléfice de son oubli plein de mensonges.

Dans la nuit maintenant plus froide, Élisabeth, la respiration mesurée, les yeux ouverts, reprend sa garde. La présence charnelle de Philippe la désarme. Bêtement elle l'imagine « affaibli », « sans défense ». Pendant qu'il refait ses forces dans le sommeil, elle use les siennes à le veiller, dans un simulacre enfantin de protection. C'est que Philippe endormi est pour elle un nouveau personnage, une espèce d'homme-enfant né de leur première nuit d'amour, la seule, songe-t-elle parfois, qui ne fut pas stérile. Et c'est vrai, peut-être, que ce Philippe-là « rachète » les autres. Mais c'est un rachat où n'entrent guère de violences sensuelles, mais au contraire une grande douceur, et les signes bouleversants de cette maternité obscure, à l'épanouissement toujours différé. Est-ce là le grand péché ?

Comment devrait-elle l'aimer, cet homme endormi qui sait si mal aimer ? L'éveiller ? À quoi ? À ce paroxysme que détestent les femmes et qu'elles ne savent pas partager ?

Même de « savoir aimer » ne mènerait à rien. Élisabeth ne sait d'où lui vient cette certitude, mais elle la tient de science sûre. « Résignée, pas aventurière. » Aventurière ? Non, le mot lui-même ne provoque pas le choc qu'elle craignait.

J'ai la tête bien froide, songe-t-elle. C'est que ce monde – les sens, le désir, la « chair » – lui demeure inconnu. Elle ignore ses ressources, ses ruses. Elle le traverserait sans en deviner les chemins. Elle s'étonne parfois que les hommes la regardent sans chaleur. Elle ne se sent plus cherchée, guettée comme naguère. Pourquoi ? Jeune fille, elle devinait plus de risques à la rencontre des hommes. Elle était cependant moins jolie, moins « sûre » aussi. Et l'on dit que les hommes préfèrent les femmes aux enfançonnes.

Elle se sent parfois un peu volée, comme si le mariage l'eût transformée sans l'enrichir. Elle est « la femme de Philippe ». C'est beaucoup et c'est peu. Doit-elle en rendre Philippe responsable ? Il lui semble avoir subi à son corps défendant une amputation étrange. L'expérience charnelle, qui faisait d'elle la femme de Philippe, a-t-elle fait d'elle une femme ? Insatisfaite ? Élisabeth repousse violemment le mot. « L'état conjugal, lui disait naguère son frère, c'est une espèce d'accession à un troisième sexe. C'est d'un effet imprévisible. »

Elle riait.

Elle avait attendu de son mariage, comme toutes les jeunes filles, qu'il assurât sa ressemblance. C'était une sorte de preuve par neuf, d'étalonnage. Elle devait y révéler sa similitude profonde, fonctionnelle, avec les autres femmes. Or son mariage l'avait singularisée. Et sa fausse couche n'avait fait qu'aggraver cette singularité. « J'ai trop aimé Philippe », pensait Élisabeth, tout en trouvant que c'était une explication un peu courte. Quelquefois, en jouant, il l'appelait « ma petite ennemie ». Elle craignait toujours qu'un fond de vraie rancune ne se cachât derrière le ton léger.

Elle se penche vers lui dans l'ombre. Elle essaie de deviner le visage familier que le sommeil, comme d'habitude, doit enlaidir un peu. « Si peu ennemie, mon chéri, le sais-tu ? Devines-tu combien je suis livrée au sort que tu m'as fait ? » Mais elle est seule à veiller.

Un monde inconnu, oui, et dont elle ne saurait percevoir l'approche, tant elle est déjà déshabituée des manœuvres du désir, de ses secrets. Une fois de plus Élisabeth se désole de tant de fléchissements. Elle pense au quatrième acte de *Bérénice,* dont les annotateurs disaient qu'il « s'enfle comme un long chant voluptueux ». Du diable si elle se souvenait de *Bérénice,* mais elle avait retenu, depuis ses quinze ans, l'expression merveilleuse qu'elle ne comprenait pas. Voici Élisabeth au centre d'elle-même, impuissante à se rassembler. Elle contemple cette espèce de champ de bataille qui l'habite et n'y reconnaît rien. Tout reste-t-il à apprendre ? Parfois elle n'est pas un champ de bataille mais un tissu attaqué, une chair rongée, une planche d'anatomie où l'infection se dessinerait sur un rouge vif en longues flèches noires.

Un dernier sursaut de conscience veut repousser le sommeil, mais une fatigue tenace l'appelle et gagne Élisabeth.

« Je suis un terrain, pense-t-elle, un terrain découvert, dénudé, offert à l'attaque, aux séductions et aux brutalités de l'attaque. Mais je suis innocente de ma faiblesse, innocente de ce désordre que répandent l'ennui, la solitude. »

Et par le simulacre magnifique du rêve enfin vainqueur, Élisabeth entre dans le sommeil. Et du fond du rêve, du fond de la méticuleuse mémoire de la nuit monte l'image désespérément repoussée, l'image du nouveau venu.

La voix de Gesa. Le visage et les mains de Gesa. Le rêve façonne son mannequin exact et trompeur et le jette dans le monde clos où se débat Élisabeth, sur le visage de qui doit se marquer enfin, dans l'ombre, la joie que tant d'honnête courage ne l'ait pas séparée de sa pensée la plus profonde.

***

Élisabeth et Philippe dorment côte à côte. Autour d'eux la nuit accomplit sa métamorphose quotidienne. Les bruits, la lumière, la qualité même du silence et de l'ombre se modifient avec une lenteur intemporelle. La vie des choses a son rythme. Les deux dormeurs n'en sont ni les acteurs ni les témoins. Et, cependant, c'est comme si la nuit leur offrait leur chance. Les échos incohérents du monde, que la radio dispense perdus dans ses crachotements de parasites et ses bribes de tango et de slow, le passé de Gesa, ses habitudes insolites, l'exotisme de la pauvreté extrême et d'une vie étrangère, tous les signes d'un univers qui n'est pas le leur et auxquels ils ne savent pas répondre se substituent peut-être à leurs rêves quotidiens – mais s'en souviendront-ils ? S'arracheront-ils enfin à cette distraction toute-puissante au fond de laquelle ils poursuivent obstinément leur propre vie ? L'aventure leur ouvre des portes, sauront-ils en profiter pour s'enfuir ?

Ils dorment. Ils paraissent pourtant au bord d'un réveil menaçant, prêts sans cesse à basculer de l'autre côté de la nuit. Rêvent-ils ? Cette instabilité doit envahir jusqu'au rêve, y introduire une menace sournoise.

Philippe se retourne parfois, accompagnant d'un soufflement d'asphyxié chacun de ses mouvements. Alors Élisabeth se replie, ondoie, soupire, détend un instant ses membres avant de retourner à son immobilité, et toujours elle semble vouloir échapper à quelque sollicitation – souffrance ou joie – trop profonde. Leurs corps se touchent rarement. S'ils se touchent, un réflexe immédiat les écarte. L'étreinte esquissée ne s'achève pas. La nuit la plus profonde ne les a pas réconciliés.

Ils sont enfermés. Derrière leurs visages scellés une vie inversée se poursuit ou se prépare. De ce qui se dissout ou s'élabore dans leur sommeil, rien que de faux ou d'excessif ne s'inscrit sur leurs traits, ne se fixe dans les postures de leurs corps. Ces soupirs, ces gestes incoordonnés, cette comédie des hommes endormis, tout cela ment, ou ne livre que d'indéchiffrables signes. Comment savoir ?

Les heures passent. Leur nuit – la nuit de l'homme et de la femme – s'accomplit. Tout à l'heure recommenceront les manœuvres, les paroles, les gestes – le rabâchage héroïque et laborieux de l'amour. Jusqu'au plus profond du jour, les vérités secrètes de la nuit porteront cependant leur fermentation. Élisabeth et Philippe, peureux, les dénonceront comme des mensonges, pour mieux les exorciser.

⁂

Comment s'y tromper ? Cette âcreté, ce goût de fatigue et de fièvre, c'était le goût de la trahison. Élisabeth croyait le reconnaître alors qu'elle ne faisait que le découvrir. À quelle profondeur, en elle, ce reniement prenait-il donc ses racines ? Elle avait trahi Philippe, hier, à chaque instant de cette nuit apparemment si calme, maintenant encore, alors qu'allongée, les yeux encore fermés, immobile et feignant le sommeil, elle se demandait : « Est-ce donc ainsi ? »

Ils n'avaient pas fermé les volets. Un jour englué coulait du ciel gris dans la chambre. Les autobus étaient rares. L'immeuble restait silencieux. Vers sept heures et demie on entendrait les ronflements des appareils à chauffer l'eau, quand les locataires feraient couler leurs bains. Pour l'instant le corps se réfugiait frileusement dans le lit, alors que le visage sentait déjà la morsure froide du matin. La chaudière devait être éteinte. L'épreuve quotidienne du début du jour attendait Élisabeth. Le lever longtemps différé, puis trop rapide, avec les mains tout de suite engourdies, la démarche maladroite que donnent les chaussons, la brève station devant la coiffeuse pour y découvrir dans le miroir un teint dilué de sommeil et de maussaderie. Chaque matin commençait ainsi par une déception. De découvrir combien le repos et le plaisir flétrissent le visage, de retrouver l'appartement si étrangement inhabité. Le jour l'accueillait mal. Élisabeth regardait avec rancune les murs blancs salis par le matin, l'opacité sirupeuse du jour à travers les rideaux.

Elle redoutait moins le ridicule et l'ennui de ces premières minutes du jour que le fait qu'elles eussent un témoin. Philippe avait la cruauté de rester couché plus longtemps qu'Élisabeth. Sans dire un mot, le regard vigilant, le visage attentif, il la suivait des yeux sans se permettre jamais aucune remarque désobligeante sur son inélégance ou son attitude embarrassée, mais signifiant clairement que son intention n'était pas de faciliter les choses. Il ajoutait à la gêne du réveil commun, de la nudité des corps, une espèce de satisfaction sournoise qui déroutait Élisabeth. Cruel, sans doute l'était-il moins avec elle qu'avec lui-même, car jamais, à ces moments-là, sa colère n'avait éclaté, et peut-être ce silence un peu forcé, et méprisant, cachait-il une détresse plus vraie que celle d'Élisabeth. Elle se reprochait de ne pas le deviner mieux, tout en repoussant de toutes ses forces la tentation de s'appliquer à le comprendre et à l'aider. Sa rancune à elle recouvrait les circonstances difficiles du matin, l'attitude réticente et inexplicable de son mari, l'injustice qu'elle trouvait à devoir commencer la journée avec un visage lourd et marqué, mais elle sentait que le désarroi de Philippe s'attachait, à travers les mêmes signes, à des frustrations plus profondes, s'accordait à l'engourdissement du courage quotidien, à toute l'inhumanité de la vie à deux.

Tout cela, pour Élisabeth, n'était pas aussi clair. Elle se souvenait seulement de la façon brutale dont Philippe était entré dans cette attitude, le matin de leur première nuit. Ah, cela n'avait pas gagné comme une mauvaise habitude ! Ce premier matin, si peu d'heures après qu'ils se furent donné des gages – c'est à ce mot qu'elle avait pensé –, Élisabeth, apeurée devant cet ennemi imprévisible, s'était réfugiée dans la salle de bains et s'y était enfermée, faisant couler de l'eau à grand bruit pour justifier sa retraite.

II

Mademoiselle Vorageot entra sans frapper. Une secrétaire stylée sait qu'un bureau n'est pas une chambre à coucher. Elle inclina la tête sur l'épaule en souriant, et dit bonjour d'une voix mesurée, familière, quotidienne : une voix parfaite. Elle posa un dossier sur la table qui lui était réservée, entre la porte et le classeur. Mademoiselle Vorageot n'avait jamais les mains vides. Lorsque Philippe manifestait le désir de fumer une cigarette en bavardant, elle gardait à portée de la main son bloc et son crayon. Elle refusait le fauteuil réservé aux visiteurs, prenait place sur une petite chaise dure placée à la gauche du bureau et elle occupait les silences qui précédaient toujours un monologue de Philippe à démêler les fils des appareils téléphoniques. Parfois, le matin, lorsqu'il entrait dans son bureau, Philippe trouvait Mademoiselle Vorageot en train de parfaire son maquillage ou de vernir ses ongles. Elle ne mettait à reprendre son travail aucune hâte maladroite. Elle agissait en femme sûre, qui sait que le bon goût ne finit pas toujours où commence la désinvolture. Mademoiselle Vorageot était désinvolte avec des nuances. Entre son charme et sa modestie professionnelle elle introduisait des compensations subtiles. Par exemple en enveloppant parfois la personne de Philippe et la sienne d'un collectif discret. Ce « nous » restait de bon ton. Il ne servait qu'à remettre collègues, collaborateurs ou visiteurs à leur place exacte dans l'échelle sociale : Mademoiselle Vorageot, belle, ardente, efficace, impure et résolue, était bourgeoise avec ferveur. Parfois elle rappelait d'un mot ou d'un silence à Philippe que le hasard qui avait fait d'elle sa secrétaire n'avait pas poussé plus loin les choses. Elle avait une certaine façon de dire « le patron » qui signifiait clairement « celui qui nous paye tous les deux à la fin du mois ».

Mademoiselle Vorageot tourna dans le bureau, Philippe la regardant avec aménité. Elle était d'une élégance méticuleuse, provocante à l'occasion. Ce qui plaisait à Philippe. Et cependant, en presque une année, il ne lui était jamais arrivé de sortir vis-à-vis d'elle d'une réserve un peu cérémonieuse. Elle en avait d'abord été désappointée. Non que Philippe lui plût, mais parce que leurs rapports lui paraissaient peu clairs. Philippe entreprenant l'eût moins embarrassée que Philippe indifférent. Elle n'eût point cédé, mais elle eût joué un jeu de détentes et de retraites pour lequel elle se sentait des ressources. Elle admirait l'intelligence de Philippe, mais elle trouvait tout ce qu'il faisait – ses articles, ses rapports – un peu brouillon, mal dégrossi. Elle disait de lui : « Il est bien, mais il aurait besoin d'être fignolé. » Cependant elle ne détestait pas qu'à l'occasion, si elle avait l'esprit lent ce jour-là, il la bousculât un peu.

Philippe, lui, aimait voir ce joli corps bien habillé d'écossais sombre et de toile, contraint à toutes les postures disgracieuses du travail. Son imagination s'arrêtait là, sans qu'il eût besoin de la freiner, faute de goût.

Il aimait en elle qu'elle fût une femme désirable, mais sans s'y arrêter. Comme d'autres aiment dans leur caissière son honnêteté, ou dans leur dentiste sa douceur.

Pendant son adolescence, les jeunes filles qu'il rencontrait avaient fort occupé Philippe. Il n'avait pas craint de le leur montrer et s'en était plusieurs fois tiré à son honneur. Depuis son mariage, une prescience l'avertissait qu'il ne devait pas risquer d'aventures. Il s'y fût senti malhabile. Était-ce vertu ou paresse, il ne le savait pas lui-même, et trop franc pour se payer de petits mensonges il n'appelait pas vertu cette indifférence agacée et craintive où le plongeait désormais toute fille sortie de l'enfance.

On ne devine jamais la vie secrète de son conjoint. Élisabeth ne devinait pas ces embarras, ces questions, ni les réponses rassurantes que leur donnait Philippe. Les eût-elle connues qu'elle ne s'en fût pas félicitée avec trop de sérénité. Certes Philippe était fidèle. Mais Élisabeth n'était point sotte. Elle eût compris ce qu'avait de court une fidélité sans combat. Elle ne l'emportait pas sur les autres femmes comme une rivale, mais comme un être trop différent ou trop fragile pour qu'on la soumît au feu des comparaisons et des intrigues. Les jeunes femmes n'aiment guère cette sécurité sans alarme.

Quant à Mademoiselle Vorageot, elle s'acharnait en vain à percer la vie privée de Philippe. Elle se heurtait à tant de réserve qu'elle demeurait confondue. Elle eût pourtant aimé Élisabeth. Indispensable au travail de Philippe, elle se fût contentée de régner sur cette partie-là de sa vie, pourvu qu'on lui laissât le reste à deviner, voire à commenter. Mademoiselle Vorageot ne sut en tout cas jamais quel rôle elle jouait dans l'imagination de son patron. Il leur arrivait de rester six heures ensemble dans une journée, de déjeuner côte à côte. Elle était loin de se douter que Philippe nourrissait de ces heures vides une espèce de rancune, et lorsqu'il l'observait en silence, entre deux phrases, en dictant un rapport, qu'il faisait secrètement le serment de mieux aimer Élisabeth.

Ainsi Philippe, qui croyait Mademoiselle Vorageot amoureuse de lui et feignait hypocritement de le déplorer, se trompait-il. Mademoiselle Vorageot avait un amant plus beau que Philippe, plus riche, et dont les talents la comblaient.

Par contre, cet homme réservé que Mademoiselle Vorageot croyait si lointain accrochait à son image glacée des lambeaux de souvenirs sensuels, des timidités qu'il baptisait rigueur, quelque convoitise, non sans faire d'elle, inconsciemment, la meilleure alliée d'une jeune femme qu'il aimait.

⁂

Philippe n'était pas sensible à cette complexité des rapports quotidiens avec autrui, à ces dimensions en profondeur des plus simples rencontres. Il exerçait son ironie ou prodiguait son amitié. Volontiers mais en surface. Il comprenait les visages, avec chaleur. Il aimait l'élasticité des liens sociaux, le brillant des jeux et des intrigues publiques, mais il ne percevait pas les cheminements souterrains, les échanges cachés. Il imaginait aisément une géométrie sociale, une algèbre sentimentale. Il disait « des vies parallèles », ou encore « deux vies qui se sont croisées », et se contentait des lois de cette espèce de circulation universelle, avec des chemins entrecoupés dont il mesurait les angles, qui lui fournissaient les éléments d'une symbolique commode et riche pour juger ses semblables. Pour Philippe, on pouvait « choisir sa voie », « s'y tenir », « aller prudemment » ou « à tombeau ouvert », « prendre des risques » ou les refuser. Pour un peu il eût dit « ralentir aux passages difficiles », « respecter les droits de priorité », croyant de bonne foi traduire un art de vivre en énonçant, au pire, des lieux communs, au mieux les articles d'un code de la route.

⁂

Les gens comme Philippe sont dangereux. Ils confondent des règles qu'ils respectent avec la justice, le bonheur. Ils croient à la simplicité des problèmes. Ils pensent que cela protège, de s'en tenir aux termes des codes, et que tant de bonne volonté, le cas échéant, leur donnerait raison. Ils sont pleins de confiance en eux. Ils sont « dans leur droit ». Ce sont de terribles faiseurs d'accidents.

⁂

Enfin, lasse d'un si long silence, Mademoiselle Vorageot s'assit à sa table, sortit de son sac une petite trousse et de la trousse un instrument qui ressemblait à une lime et à une minuscule cuiller. Elle commença à repousser les peaux blêmes qui envahissaient ses ongles, pour dégager – blanc sur mauve – à petits coups douloureux, le dessin parfait des lunules.

*
**

Le remords, pense Philippe, cette solitude avec une pensée tenace et triste. Il a honte et peur tout ensemble ; comme d'avoir abandonné Élisabeth, et de la croire menacée par un danger. Elle n'est pourtant pas seule. Elle a dû quitter elle aussi la maison. Elle a d'abord donné des ordres à Théa, en indiquant les achats à faire et quels commerçants choisir. (Cette science qu'elle tient de Philippe.) Sans doute est-elle allée à pied jusqu'au laboratoire, en longeant la Halle aux vins par le quai Saint-Bernard, dans l'odeur sucrée des fûts, insistante comme le parfum des docks et des caves.

Le soir, au printemps, les écoliers de la rue Buffon jouent dans les allées du Jardin des Plantes, y poursuivent les filles ou bavardent en traînant les pieds dans la poussière. Élisabeth et lui y sont allés pour la première fois voilà deux ans. Philippe se rappelle un jardin plein de détours, avec des bosquets et des porches, des pavillons désuets où vécurent des naturalistes, des échappées inattendues sur de vieilles maisons, des rues pleines d'escaliers froids et d'impasses.

Gesa vient-il parfois chercher Élisabeth, le soir ? Se promènent-ils dans le jardin en souriant aux enfants ?

*
**

Au cours de la matinée, plusieurs personnes vinrent, qui désiraient rencontrer Philippe. Il ne les reçut pas toutes.

Il pouvait sortir de son bureau, serrer la main d'un camarade, aller jusqu'à la rue et marcher sans but jusqu'à ce que l'air et le bruit l'eussent étourdi. Il pouvait aussi s'isoler dans une pièce inoccupée, appeler Élisabeth au téléphone, brutaliser un peu la paresse qui s'installait en lui. Peut-être la voix d'Élisabeth y suffirait-elle, nette, paisible même dans l'animosité, toujours embellie par la distance. (Rares sont les voix qui gagnent ainsi à l'absence du visage.) Il pouvait aussi travailler, dicter des lettres, recevoir des visiteurs, couvrir les prochains jours d'un horaire méticuleux et surchargé afin que la fatigue se substituât à la marche monotone de son soupçon.

Mais il ne fit rien. Le désir de lutter ne lui vint à aucun moment de cette matinée. Il lui était devenu aussi étranger que le courage aux lâches ou l'espoir aux anxieux. Son regard, pendant qu'il répondait aux bavards, ne se fixait pas, et Philippe comprenait enfin ce que cela signifie, « se pencher sur soi ». Il était penché sur lui-même sans passion, sans curiosité, avec seulement la surprise que tant de paresseux abandon au mal parût naturel à un homme de son âge.

C'était bien le mal, ce silence qui prenait comme un ciment, qui rendait impossible jusqu'à l'idée d'une révolte. Élisabeth pouvait bien cesser de l'aimer, aimer Gesa, se donner à lui et le suivre, Philippe ne s'interposerait pas entre cette nouvelle femme et l'ancienne Élisabeth.

À aucun moment depuis plusieurs semaines l'espoir ne lui fût venu de trouver des arguments qui pussent retenir Élisabeth. Elle-même n'avait pas parlé, pressentant peut-être que le temps où tous deux se payaient de mots était bien fini. Entre eux les mots n'avaient plus cours, ni les gestes, les actes, les preuves dont ils n'avaient plus le courage. Il leur eût fallu de la loyauté, de la simplicité, mais ils n'en avaient plus le sens ni l'orgueil. Cela ne s'était pas fait du jour au lendemain. Philippe se souvenait d'anciennes promesses, d'efforts, et des traces ineffaçables de cette illusion qu'ils avaient nourrie, qu'on peut recommencer un amour. Puis le silence était tombé entre eux. Tout datait du jour où l'un d'eux, peu importe lequel, avait accepté l'idée de faire un pas en arrière. Alors tout était allé très vite. La retraite s'était transformée en débâcle. Aujourd'hui le recul était impossible. Ils luttaient adossés à un mur. Et cette dernière bataille s'engageait dans le silence, sans qu'Élisabeth et Philippe se fussent encouragés, sans qu'ils se fussent même reconnus à coup sûr pour ennemis ou alliés.

Un ancien officier des affaires indigènes voulait que l'Institut entreprît une enquête statistique sur le développement industriel de l'Algérie. Un Allemand cherchait une documentation exacte sur la sidérurgie française de l'après-guerre. Un Grec à l'accent spongieux proposa de l'argent à Philippe, qui n'eut qu'un moment d'attention pour s'amuser de ce qu'on voulût l'acheter.

Il regardait à travers les cloisons vitrées des bureaux les taches que faisait le soleil sur les classeurs, et les reflets éblouissants des abat-jour chromés au-dessus des tables. Une secrétaire, le visage animé, remuait très vite les lèvres sans qu'on entendît sa voix. Philippe imaginait le corps d'Élisabeth aimé par un autre homme.

⁂

Philippe ne bouge pas. Midi est arrivé. Le téléphone débranché s'est enfin tu. Les appels et les claquements de portes ont succédé au bruit des machines à écrire, puis le silence est revenu.

Philippe ne bouge toujours pas. Il se croit fatigué. Ce matin, un de ses collègues qui parle comme une vieille femme l'a trouvé « maussade ». Pour un peu il laisserait croire à une « dépression », à quelque maladie. Il feint de s'impatienter d'un métier monotone, d'une vie aux atteintes sournoises, à l'étouffement lent, douce et impitoyable comme une noyade, puisqu'on dit que c'est une mort musicale, tout ouatée de clapotements et d'ombres glauques. Il simule un agacement de bon ton à chaque tournant de la journée. Les heures le sollicitent. Il devrait maintenant se lever, enfiler son manteau, ouvrir et refermer des portes, appeler l'ascenseur, et c'est vrai qu'une nausée lui monte à la gorge à seulement imaginer des gestes dont le séparent quelques instants vides. C'est vrai que tout son corps résiste à l'accomplissement des automatismes quotidiens, comme il résistait hier soir, pendant que Philippe descendait l'escalier, aux gestes simples et aux réflexes de la marche, comme à l'aveu d'une défaite. Quel étrange refuge pour la dignité ! Quel étrange sursaut que celui de ce corps qui exige des peurs, des jeux, le vent de la course, une aventure que lui refuse Philippe. Cette exigence a l'amertume d'une maladie, son goût âcre, ses mêmes signes physiques : paralysies, inhibitions. Philippe s'émerveille de cette force vive, au fond de lui, qui résiste à la dégradation. Veut-il imposer à la machine la règle impérieuse : le travail, les rues sales, le retour bruyant et chaud du soir – la machine résiste. Elle est meilleure que lui. Elle mobilise ses forces. Elle bouleverse le rythme absurde de la vie. Est-ce l'heure du repas, le moment de se lever, de descendre un escalier, de traverser deux rues, de longer un trottoir qui monte ? Philippe ne bouge pas. Il évalue comme on évalue une marchandise la qualité pourtant inappréciable de cette révolte qui se propage en lui.

⁂

Assis derrière sa table, dans le bureau vide, immobile comme l'est un malade entre deux crises, blanc comme un malade, impuissant comme un malade, Philippe sait que la vie s'est provisoirement retirée de lui. Ce qui demeure, ce qui veille, c'est cette mince indignation, cette révolte fluide comme un haut-le-cœur, qui peut d'un moment à l'autre se dissoudre, ou bien éclater enfin et rejeter Philippe à sa vie comme à une bataille. Pour l'instant, c'est vrai, la nausée seule vit, la nausée seule résiste, et prouve que tout n'est pas abandonné au mal dans ce vaste abandon qu'est une vie malheureuse.

Philippe se décharge du soin de son propre bonheur sur ce réflexe, puisqu'il a toujours joué. Trop lâche pour lutter, trop sensible pour ne pas espérer la victoire, il suppute les chances, en lui, du bien et du mal. Le mal, il le connaît. C'est le silence, c'est Élisabeth absente, c'est chaque parole prononcée sans y croire, chaque promesse impossible faite quand il n'ose pas dire non. C'est la vie de mauvaise qualité, au son faux, fêlé.

Mais le bien ? Est-ce seulement l'impatience du plaisir, cet autre silence, au-delà des scrupules, de la fierté satisfaite, du corps comblé, ce défi de la jeunesse qui durera toujours, cette impression d'opération qui tombe juste ? Est-ce un amour fortifié par l'entassement pâteux des années, l'oubli de soi, le « don de soi » comme on dit ? Mais comment peut-on se donner sans d'abord s'appartenir tout à fait ? Ainsi parlent les jeunes filles.

⁂

La vérité, c'est qu'Élisabeth, malgré les apparences, a de moins en moins d'importance. Le désarroi de Philippe se transfère d'une région de lui-même à une autre, entraînant à sa suite toutes les architectures de la mémoire.

Hier soir, l'emprise d'Élisabeth sur la pensée de Philippe était si forte qu'elle l'avait peu à peu dépossédé de lui-même. Pendant le dîner, ensuite dans le salon, puis à son retour lorsqu'il l'avait crue un instant malade, il ne s'était attaché avec tant de rage à élucider les intrigues d'Élisabeth que pour mieux dissimuler combien il dépendait d'elles. Il n'a jamais pu maintenir entre eux l'équilibre. Leur vie commune penche toujours du côté de l'un ou du côté de l'autre. Philippe cesse parfois de s'attribuer le moindre pouvoir sur Élisabeth. Son amour fait alors place à une inimitié précise, calculatrice, dont il savait jusqu'ici qu'elle faisait souffrir Élisabeth, assez pour la garder prisonnière. Hier les choses ne se sont pas passées ainsi. Élisabeth dissimulait-elle ? Elle ne paraissait pas souffrir. Elle prenait appui sur une force étrangère à Philippe et étrangère à elle-même. De nouveaux désirs la rendaient plus belle. Elle semblait insensible aux tâtonnements manœuvriers de Philippe. De toute évidence elle échappait au cercle au centre duquel il l'avait enfermée. Ainsi, Philippe n'a pas souffert de deviner Élisabeth malheureuse, mais d'expérimenter pour la première fois l'inefficacité de ses propres artifices. Elle n'a pas cédé. Elle a quelque part une réserve de forces, une alliance, un nouveau système de défense qu'elle peut éprouver d'un moment à l'autre. Lui est resté coi. Pour la première fois désarmé, devant elle qui s'armait pour la première fois. Elle a fait pencher de son côté la balance, non pas comme à l'accoutumée par un chantage tendre, mais en ajoutant à la sienne une force nouvelle, en offrant à Philippe la perspective d'un combat qu'il n'avait jamais imaginé : à deux contre un.

Élisabeth ne le trompe pas, elle le surclasse. Elle l'isole. Elle le met au défi d'oser attaquer plutôt qu'elle n'attaque. Philippe s'était toujours permis les coups défendus, voilà qu'Élisabeth y a recours pour la première fois, en introduisant entre eux un homme dont jusqu'à présent, s'il raisonne froidement, Philippe ne comprend pas quel sera le rôle.

C'est cela, pense-t-il, voilà le ton convenable. Ne pas m'exalter. Évaluer d'abord les dégâts. Ils ne sont pas irréparables. La pensée ne peut pas être venue à Élisabeth de me tromper. Ce n'est pas imaginable.

Philippe ne se ment pas. C'est une pensée inconcevable. Au pis aller, il imagine entre Élisabeth et Gesa une amitié trop exclusive, des confidences, une espèce de pitié – d'elle à lui – dont l'exercice donnerait à Élisabeth une idée flatteuse de son rôle de femme.

Philippe essaye des comparaisons : « Accepterais-je, moi, de tromper Élisabeth ? » Pas de réponse. Il force un peu son imagination. Il cherche des souvenirs. Il tâche de mettre au point des images évocatrices. Il se voit poursuivant une femme, la sollicitant, la pressant. Tout cela reste terriblement incolore. Il n'a envie d'aucune femme.

Comment croire Élisabeth différente ? Il la connaît. Il connaît d'elle le plus profond : ses silences, sa tendresse, ses repos, son sommeil. Comment tout cela pourrait-il appartenir à la fois à Philippe et à un autre ? On décrit toujours la vie secrète d'une femme comme un équilibre instable entre ses désirs et ses devoirs. Mais ce sont des sornettes. La femme « troublée », la vertu vacillante, les mensonges, la stratégie des rendez-vous clandestins, le même corps qu'on prête à l'un avec dégoût, qu'on donne à l'autre avec joie... Des fables.

« Cela peut arriver aux autres, mais pas à nous, pas à moi. »

Que craint donc Philippe ?

La fidélité a bien refermé ses portes sur eux. Ils sont ses zélateurs, ses serviteurs, ses prisonniers. Ils peuvent se débattre, la fidélité les tient bien. Ah la trahison n'est pas si facile ! Voilà ce qu'ils ignoraient. La vertu n'est pas un vain mot. C'est une promesse aux attraits puissants, souvent invincibles. Un homme et une femme qui ne se promettent pas la fidélité échappent facilement à leur amour, changent de partenaire, changent d'amour. Mais pour les autres les choses ne sont pas si simples. Il leur faut aller jusqu'au bout de leur fatigue, de ce dégoût amer qu'accumule un couple, mais sans sortir de leur promesse, sans la rompre. Ils doivent dégorger coûte que coûte autant de trahisons et de mensonges que les autres, mais en circuit fermé. Ils sont deux le premier jour, deux le dernier jour, deux chaque jour de leur vie, mais ils ne sont pas meilleurs que les autres. Ce serait trop facile s'il suffisait d'être fidèle pour devenir bon, scrupuleux, juste. Ils doivent falsifier leurs comptes, tuer à la petite semaine, à coups d'épingle, pendant vingt ans, le bel animal gourmand et emporté qu'ils n'osent pas étrangler une bonne fois.

Que craint Philippe ?

Il aimait cette lutte sournoise, cette discrète habileté à sauver les apparences, cette comédie si courtoise du couple uni, du bonheur, du foyer-refuge, du foyer-famille. Il s'étonnait qu'Élisabeth parût jouer avec répugnance son rôle. Lui, quand il le fallait, savait merveilleusement « faire bonne figure ».

« Le mariage enferme », disent les jeunes gens. Eh bien ils étaient enfermés. Ils allaient se cogner aux murs, dans le noir, pendant des années. Ils avaient d'abord reconnu à tâtons les limites de leur cage. Maintenant ils la connaissaient bien. Au prix d'une gymnastique attentive, ils pouvaient en somme remuer assez largement, en conservant leurs aises. Parfois un geste inconsidéré brouillait ce jeu, ils se faisaient du mal, ils se heurtaient dans l'obscurité. Mais tout rentrait dans l'ordre. Peu à peu Élisabeth se soumettait. Elle n'évoquait plus sans cesse la lumière, la liberté. Elle prenait son parti. Encore quelques années, et ils en auraient fini avec tous ces faux mouvements mal mesurés. La fatigue et l'expérience aidant, ils s'installeraient commodément, presque immobiles, au centre de ce mariage enfin stable, qui leur paraîtrait alors bien plus vaste, bien plus clair, bien mieux aménagé qu'ils n'avaient cru d'abord.

Voilà ce que bouleversait Gesa : cet équilibre à l'état naissant, ce subtil jeu social où excellait déjà Philippe. Rien d'irréparable, mais tout compromis. Élisabeth n'était pas femme à s'évader volontiers de la prison, mais elle était assez sotte pour y introduire un troisième prisonnier.

⁂

Philippe n'était pas tout à fait dupe des apaisements qu'il se prodiguait à lui-même. Il n'aurait pas tant rusé avec la vérité s'il ne l'avait déjà découverte à demi. De penser qu'Élisabeth ne le trahirait pas le rassurait, mais sans endormir son soupçon, sans même en atténuer sensiblement les effets. Il songeait moins à consolider ce qui était en train de se défaire sous ses yeux qu'à le mesurer. Il croyait limiter son désarroi parce qu'il en limitait l'objet. Il rognait sur la vérité. Il minimisait, par un baptême innocent, cette aventure qui les surprenait, Élisabeth et lui, dans un moment de faiblesse, d'impréparation, d'incrédulité extrêmes. Ses pensées, depuis la veille, avaient pris un tour insolite. Tout près d'abord de la vérité, la cernant, la forçant, voilà qu'elles s'étaient appliquées à une succession de mises au point de plus en plus prudentes, de moins en moins franches, cursives jusqu'à la puérilité.

Dupe, ses peurs l'eussent abandonné; or elles ne lâchaient pas prise.

Comme il arrive parfois, ses justifications si mesurées, si heureuses un instant auparavant, se diluèrent sous le coup d'une évocation plus précise, et le sang reflua à ses joues. Philippe se retourna pour retrouver une contenance, bien que personne ne pût l'observer.

Il était jaloux. On le devinait vite. Il suffisait de le regarder vivre. Sa mère lui avait mis cette idée dans la tête lorsqu'il était gosse, en se moquant de ses sourcils, qu'il avait broussailleux et touffus au-dessus du nez. On dit que c'est un signe infaillible. Philippe était donc jaloux. Tout au long de son adolescence il avait professé des sentiments abrupts à l'endroit de ses jeunes amies. Il boudait, posait des questions, faisait des scènes, organisait des confrontations, ne dédaignant pas d'être avare et rompant à tout propos. Ce sont encore là des signes qui ne trompent pas. Sans doute choisissait-il naguère des filles faciles pour la joie amère qu'il trouvait à leur reprocher leur facilité, et, l'évoquant hors de propos, à empoisonner leurs meilleurs moments. Son indignation recouvrait aussi bien l'avenir des malheureuses, qu'il imaginait sans peine semblable à leur passé. Il considérait son passage dans ces vies désordonnées – ou seulement insouciantes – comme une parenthèse de pureté, une oasis sentimentale pour laquelle il s'irritait que ses compagnes ne se fussent pas mieux gardées. Laissons cela. Philippe compta sur ses doigts les maîtresses qu'il avait eues. (Entraient dans cette catégorie deux prudes qui, pour s'être montrées libérales, ne lui en avaient pas moins refusé les libertés extrêmes. Mais il estimait les avoir eues selon l'esprit, sinon selon la lettre.) Le compte en fut vite fait. Pour un peu une main y suffisait. La jalousie qu'il avait exercée sur elles était-elle de même nature que celle – bien qu'il ne la nommât pas jalousie – qui mettait à mal depuis hier sa vanité ? À première vue il s'agissait de sentiments bien différents, appliqués à des zones différentes de sa sensibilité. Et cependant...

Qu'avait-il connu de la jalousie ? Le retour maniaque sur le passé de l'autre, les questions, et par-dessus tout ce goût douloureux qui bloquait son imagination sur les scènes les plus crues pour en souffrir. Parfois la jalousie n'était intervenue que plus tard, passées les premières joies, lorsque l'intrigue se défaisait en douceur, sans que Philippe eût le courage de la briser. Alors il espionnait sa compagne, supputait les chances des hommes qu'il savait de ses amis, fixait son choix sur l'un d'eux, devenait à son égard aimable et flatteur, mais l'imaginait dans le même temps avec sa maîtresse dans des postures affreuses. Il se repaissait de ces pensées, leur imprimait un rythme lent et fertile en retours, raffinant sur les détails qui le faisaient souffrir dans un crescendo incomparable.

Et tout cela n'était pas exceptionnel. Ce n'était pas une fois par hasard qu'il avait été le jouet de ces pauvretés. Elles étaient presque devenues, pour lui, inséparables de ce qu'il appelait le plaisir. Le mariage avait mis un terme à ce supplice. Provisoirement. La vie conjugale, ici comme ailleurs, avait d'abord été faiseuse d'ordre. Quelques paroles imprudentes d'Élisabeth, des photographies trouvées dans des tiroirs, ou simplement cette involontaire évocation du passé qu'on retrouve dans les conversations de toutes les jeunes femmes, avaient poussé autant de pointes lancinantes dans l'imagination de Philippe, dès lors éveillée.

Il avait guetté. Élisabeth ne le soupçonnait pas. La jalousie de Philippe exerçait ses ravages dans des régions cachées de sa tendresse. Le plus bel amour a ses bas-fonds. C'était un alibi commode. Sans doute Élisabeth, moins avertie, fût-elle demeurée incrédule si ce petit tas de secrets inavouables avait été déballé devant elle. Parfois, de très loin, resurgissait un bras perdu de ce flot noir que charriaient en secret les pensées de Philippe : c'étaient des paroles injustes ou grossières – chez cet homme si poli – pour stigmatiser la légèreté d'une femme ou la crédulité d'un mari. Il se donnait des allures de moralisateur, un ton de père-la-vertu intransigeant, parce qu'il tremblait de ne savoir pas retenir Élisabeth, ni se l'attacher à jamais sans le secours de condamnations, de malédictions, de sarcasmes. Il jetait autour d'eux un regard avide de victimes, il décelait des faiblesses, il repérait des trahisons, il dénonçait, légiférait, condamnait sans appel. Puis il retournait vers Élisabeth un regard peureux. On eût dit un militaire bravache qui « montre sa force pour n'avoir pas à s'en servir ». Philippe professait la vertu pour n'être pas trompé. Il était ridicule et malheureux.

⁂

Lorsque sa femme avait fait la connaissance de Gesa – lors d'une réunion en faveur des intellectuels réfugiés – Philippe avait mis quelques jours à prendre conscience de leur rencontre. Il ne regardait pas exactement Gesa comme on regarde un homme : il était si pauvre ! Puis son soupçon avait rôdé autour d'eux plusieurs semaines, cherchant dans cette défense compacte qu'ils opposaient à la médisance et au mensonge le défaut par où verser son poison. Le moment était enfin venu. Ils avaient été imprudents. En dissimulant leurs rencontres, ils s'étaient découverts. Maladresse ou défi, ils s'étaient coupés, livrés. Philippe n'en doutait pas. Depuis hier tout était en place. L'imagination brûlante de Philippe avançait ou se dérobait par saccades incohérentes. Une joie affreuse succédait en lui à l'abattement de tout à l'heure. Ils allaient pouvoir se traîner les uns et les autres dans la boue.

Puis le sortilège se dénoua. Philippe venait d'apercevoir son image dans le petit miroir d'un calendrier-réclame. Aussi vite qu'elle était montée la fièvre tomba. Une vanne s'était ouverte quelque part, par où se déversait le charroi sulfureux de ces longues minutes. Tout redevint simple. Philippe se leva, mit à gestes précis de l'ordre sur son bureau, ouvrit la fenêtre et enfila son manteau. Il ne perdait pas de vue le miroir, comme quelqu'un qui s'est cru seul et qui, se découvrant un voisin attentif, ne le quitte plus de l'œil. Dans le couloir il se redressa, et débarrassé de son étrange témoin il vérifia au passage dans la glace murale du palier que sa silhouette était bien droite, le dos plat, le menton relevé et aminci. Dans la rue il respira plusieurs fois longuement, en rythmant sur ses pas ses inspirations et ses expirations. Sur six pas, sur six pas encore, il avalait un air vif qui lui glaçait le nez, pour ensuite le rejeter dans un léger soufflement inconscient. – Sa démarche s'allongea. Petit à petit toute son attitude se modifia dans le sens de la hauteur, de la dignité, du dédain. Il se sentit plus grand qu'il n'était, plus fort. Il suffisait, pour faire éclore cette euphorie passagère, de boire très vite un verre d'alcool ou de faire des exercices respiratoires en marchant. Point n'était besoin de victoires ou de bonheur. Gin ou pas gymnastique : la recette était souveraine.

Lorsqu'il déboucha sur la place de l'Opéra, un sourire de contentement lui façonnait un visage mou et fat. Il avait faim. Il se sentait à nouveau confiant et sûr de soi. Il ne pensait plus à Élisabeth.

III

Il n'était pas loin de sept heures lorsqu'on sonna à la porte d'entrée. Philippe était seul dans l'appartement. Il ôta la robe d'intérieur qu'il mettait le soir pour travailler, enfila une veste et alla ouvrir.

C'était Gesa.

Philippe ne fut pas surpris. Quelques mots puérils le prirent au dépourvu, une pensée sotte qui le rendit muet pendant qu'il s'effaçait pour introduire Gesa : « ...quand on pense au loup... » Le Hongrois s'excusa de venir à l'improviste, mais ne parut pas s'apercevoir que Philippe attendait qu'il ôtât son imperméable. Il eut un sourire triste, et, sa phrase terminée, demeura immobile. Philippe ouvrit la porte du bureau. Il pensa à ces films dont les personnages passent leur temps à mettre ou à retirer leur chapeau, à monter dans des voitures et à ouvrir ou fermer des portes. Comme Gesa paraissait décidé à ne pas parler, Philippe lui laissa le temps de « récupérer » – il ressemblait à un boxeur mal en point –, plein d'égards soudain pour cet homme auquel il pensait quelques minutes auparavant avec une hostilité résolue. Il alluma une lampe et désigna un fauteuil à Gesa. Il avait beau faire, il ressemblait davantage à un inspecteur de police décidé à mettre le prévenu à table, qu'à un maître de maison courtois.

Qu'allait-il se passer ?

Philippe redoutait une mise au point trop rapide, mal préparée, et dans laquelle il n'aurait pas l'initiative. Cette pensée l'irrita. Il allait perdre l'avantage de l'attaque.

Alors seulement il regarda Gesa. Grand, le dos voûté, les cheveux plantés haut et raides, portant bien un très beau costume de flanelle grise un peu usée, Gesa fixait sur lui des yeux verts, inquisiteurs, anxieux, d'une fixité insolite. Philippe sentit que quelque chose se brisait.

– Qu'avez-vous ? dit-il.

Il assista alors à un extraordinaire jeu de scène.

Toute l'attitude de Gesa changea. Son corps parut se disloquer, mais souplement. Ses avant-bras battirent et ses mains dessinèrent un geste d'impuissance. Sa tête se pencha. Ses yeux se diluèrent jusqu'à laisser croire qu'il allait pleurer. Il ressembla brusquement à un prince russe de cabaret, et son accent ajoutait encore à l'étrangeté de la ressemblance :

– Je vous dois beaucoup d'excuses, dit-il, car je viens de commettre une grande lâcheté.

Il redressa la tête, reprit une posture plus rigide.

– Je vous ai téléphoné, il y a un quart d'heure, mais personne n'a répondu.

Philippe se souvint d'avoir entendu la sonnerie en sortant de l'ascenseur. Il était arrivé trop tard près de l'appareil pour prendre la communication.

– Vous savez que vous pouvez venir sans vous annoncer, dit-il brièvement.

Gesa le fixa une nouvelle fois de ses yeux trop verts et brillants. « De quelle lâcheté parle-t-il ? » Un battement de cœur brusque fit pâlir Philippe. Il ouvrit la bouche pour parler en même temps que Gesa. Aussitôt le Hongrois sourit en s'inclinant. « Cabot », pensa Philippe. Et pourtant, même en ce moment, la séduction de Gesa lui paraissait encore toute-puissante. Toute-puissante et inexplicable. (On déteste une femme qui vous dit cela d'un autre homme.) Il devança l'autre :

– Pourquoi parlez-vous de lâcheté ?

Le sourire de Gesa ne s'était pas tout à fait effacé lorsqu'il répondit.

– Je viens d'avaler le contenu de deux tubes de gardénal, mon cher, c'est une grande lâcheté. Une très, très grande lâcheté. Et une grande bêtise.

Il souriait encore, d'un sourire à fleur de lèvres, posé si légèrement sur son visage qu'en soufflant il semblait qu'on l'eût fait disparaître.

Philippe retrouva au fond de lui la sensation des chutes de bicyclette, ou de l'accident d'auto, lorsqu'on lâche le volant pour se protéger les yeux. « C'est donc possible ! » Une stupéfaction incrédule, infiniment rapide.

La réaction – imprévisible – vint aussitôt : « Asseyez-vous », dit-il. Il avait parlé presque bas. Gesa s'assit et croisa ses jambes, en tirant sur le pli de son pantalon. Il était attentif, le regard à peine terni par son aveu attaché au front de Philippe.

Ce fut au tour de Philippe de sourire. Il le sentit à une crispation de sa joue, et, par agacement, se frotta la bouche avec les doigts. Toute sa volonté n'eût pas suffi à effacer ce sourire.

Il posa très vite à Gesa plusieurs questions auxquelles le Hongrois répondit avec une indifférence étudiée, un peu précieuse.

– Il y a combien de temps ? Combien de comprimés ? Dosés à combien ? Qu'avez-vous fait depuis ?

L'autre répondait comme s'il voulait faire traîner les minutes, ou comme s'il éprouvait brusquement une difficulté insurmontable à venir à bout de ses phrases tarabiscotées.

Philippe tremblait un peu, très peu, et il posa ses mains sur les accoudoirs du fauteuil pour les immobiliser. Son visage était blanc. Il était malgré tout assez faraud de son calme. Tendu pour obtenir au plus vite quelques renseignements de Gesa, il avait cependant, comme en filigrane, une pensée toute différente : qu'il ne fallait pas gâcher une si belle occasion, qu'il devait bien jouer le rôle que lui confiait à l'improviste le hasard. Lorsqu'il eut ses renseignements, il souffla tout l'air qu'il avait emmagasiné et récapitula : soixante comprimés avalés depuis vingt minutes. Il n'y connaissait rien, et la dose – ces soixante comprimés – l'effraya. « Il y a de quoi tuer un bœuf », pensa-t-il.

À ce moment Gesa plia brusquement son cou, prit sa tête entre les mains, et d'une voix entrecoupée, comme un gosse qui pleure, répéta qu'il était lâche, qu'il avait eu peur, qu'il avait honte, etc.

– Je me suis allongé sur le lit, n'est-ce pas. Je croyais que ce serait presque immédiat. Une telle dose ! Et je suis devenu si lucide. J'ai découvert... Oh ! lucide comme je n'avais jamais été, mon cher.

Il releva la tête et Philippe vit qu'il avait les yeux secs et pleins de fièvre.

– Mais la mort elle-même ne veut pas de moi, mon cher. Vous pouvez vous moquer. Il est ridicule, le beau Bechenyi, n'est-ce pas ? Tellement ridicule... Avec son suicide raté...

Philippe sursauta. Il pensait donc s'en tirer comme ça ? Avec soixante comprimés de gardénal dans le ventre ? Cela lui rendit la notion du temps. Il pensa que la vie de Gesa était une affaire de minutes. (Ou d'heures ? il ne savait pas.) Et cependant ils étaient assis tous les deux, leurs jambes croisées, dans un simulacre stupéfiant de courtoisie et de sang-froid. Il eut en ouvrant la bouche l'impression qu'il rompait un silence, dans un salon, pour aider la maîtresse de maison dans son rôle.

– On va vous sauver, Gesa, dit-il. Je vais appeler un médecin, un ami. Il sera vite là, c'est un voisin.

Il mettait dans ses mots une chaleur, un optimisme qui sonnaient faux.

– Êtes-vous sûr de l'heure ? Il n'y a pas plus de vingt minutes ?

Il porta les yeux à sa montre : il y avait maintenant, au moins, vingt-cinq minutes.

Il se leva et sortit pour aller téléphoner.

***

Quand il rentra dans le salon il trouva Gesa debout, qui se tourna d'une pièce vers lui. Il était un peu plus grand que Philippe, et ses yeux, son front, son visage osseux étaient d'un homme déjà vieilli. Ils ne s'accordaient pas en tout cas à l'accent éploré, aux mines mondaines, à cette complaisance un peu femelle pour ses faiblesses. Gesa était pourtant capable de courage. Même en cet instant Philippe l'eût assuré. Il le trouva très beau.

Ils étaient debout côte à côte, Philippe muet. On a la même sensation devant les ivrognes et les enfants : il importe peu qu'on se taise ou qu'on leur parle, puisqu'ils ne comprendraient pas. Et pourtant l'on se tait, de peur qu'ils ne comprennent

« autre chose », autrement, qu'on ne saurait pas cacher. Ainsi certaines femmes sont-elles pudiques, dit-on, devant les animaux.

Devant Gesa qui peut-être allait bientôt mourir, Philippe ne savait pas quoi dire. Une fois de plus, un bref instant, le temps lui parut long, alors qu'ils luttaient en quelque sorte contre le temps. Il scruta Gesa. À défaut de savoir lui parler, il pouvait toujours le regarder comme une bête curieuse. L'autre semblait indifférent. Philippe tenta en vain de se secouer. Il sentait croître son embarras. Il perdait pied. Il rougissait peu à peu, et bientôt la vie et la mort de Gesa allaient devenir moins importantes que cette gêne sourde, cette maladresse paralysée de Philippe qui laissait l'anecdote lui gagner à la main.

Le visage de Gesa restait calme, presque narquois. C'en fut trop. Philippe crut à un chantage, à une histoire montée de toutes pièces et dans laquelle il tenait un rôle d'idiot. Il saisit Gesa par le gras du bras, et, criant presque, lui demanda s'il se sentait bien et s'il n'avait pas envie de dormir. L'autre lui jeta un coup d'œil stupéfait, presque indigné, avec une mine de chien qu'on battrait sans raison. Puis il porta la main droite à sa tête, ferma les yeux et vacilla un peu sur ses jambes. Cette fois Philippe eut presque la tentation de rire. Il crut que tout cela allait tourner à la farce. Il prit Gesa aux épaules et l'assit dans un fauteuil, sans douceur. Il se pencha vers lui et cria :

– Vous avez sommeil ?

Une voix pâteuse lui répondit, à la fois pâteuse et flûtée, une voix asexuée.

– Mon cher je suis très, très bien. Vraiment très, très bien.

Gesa se cala dans le fauteuil, et, comme tout à l'heure, reprit sa tête dans ses deux mains, faisant écran, de ses doigts minces, entre son visage et la lumière d'une lampe. Philippe, que gênaient les yeux, fut décontenancé de leur échapper.

Il attendait le médecin. Il serait là d'un instant à l'autre. Il fit trois pas dans la pièce, tourna le dos à Gesa et se sentit inutile. Il se retourna brusquement. Gesa restait tassé dans son fauteuil. Qu'espérait donc Philippe ? Surprendre Gesa en train de l'épier entre ses doigts mal joints ?

Il changea de place une chaise qu'il installa en face du Hongrois, à deux mètres, et s'assit en se penchant pour l'observer mieux. L'autre ne bougeait pas. Simulait-il ? Philippe ne parvenait pas à écarter ce doute. Mais pourquoi ? Où cette comédie – si c'était une comédie – les mènerait-elle ? Chantage ? Désespoir ? Ou bien ce beau mécanisme de la dignité de Gesa, de la discrétion de Gesa, de sa culture, de son intelligence, s'était-il détraqué jusqu'à l'entraîner à cette mise en scène ? Alors il pouvait aussi bien avoir voulu s'empoisonner. Mais pourquoi ? Une question en entraînait une autre. La voix de Gesa sortit Philippe de son immobilité. Que disait-il ? Sa respiration devenait plus ample, plus lente. Philippe reconnut le rythme du sommeil. Il craignit que l'autre ne s'endormît. Au téléphone, le médecin avait dit : « Gardez-le à tout prix éveillé. » Comment avait-il oublié ? Il prit les mains de Gesa entre les siennes et les écarta, avec peine, car l'autre résistait. En voyant son visage il s'affola. En quelques instants une rougeur brillante avait marqué les pommettes, tandis que deux cernes d'un bleu gris creusaient les joues. Ses yeux étaient lointains, dilués, d'une extraordinaire tristesse. « Mais je suis en train de le laisser crever », pensa Philippe. Il eut peur, pour la première fois depuis un quart d'heure.

– Gesa, cria-t-il, ne dormez pas ! Vous m'entendez ? Vous ne devez pas dormir.

L'autre leva les paupières sur un regard terni, et comme laiteux. Philippe le secoua.

– Vous m'entendez ? Répondez ! Répondez !

La réponse vint enfin.

– Oh ! je vous entends très bien, mon cher. Très bien, très bien.

Il exagérait les effets, une espèce de caricature d'accent, une charge burlesque de son ton cérémonieux et apprêté. Philippe respira. L'autre continuait.

– Vous devez vous moquer de moi. Vous devez...

Il bava un peu, en cherchant un mot, et tenta d'atteindre son mouchoir. Mais ses doigts ne trouvaient pas la poche et tapotaient stupidement le tissu. Philippe lui tendit le sien, puis, comme l'autre ne le voyait pas, il le lui mit dans la main.

– Vous devez me trouver, me... trouver...

Il s'essuya la bouche.

– *A stupid fellow... A... damned bloody nuisance ?...*

Il eut un sourire euphorique, nez en l'air, menton dressé, retournant dans sa bouche les mots anglais comme un gargarisme délectable. Philippe eut une idée. Il sortit son paquet de cigarettes et en offrit une à Gesa. L'autre la prit. Pour l'allumer il dut se pencher vers la flamme et faillit ne pas reprendre son équilibre. Si Philippe ne l'eût pas soutenu, il se fût écroulé tout d'une pièce sur le côté, raide et désarticulé. Philippe le repoussa contre le dossier : il y reprit son allure de causeur distingué, torse corseté, cou tendu. Sa cigarette pendait à ses lèvres. Il l'avait oubliée.

– Fumez, ordonna Philippe. Fumez pour ne pas vous endormir.

L'autre aspira quelques bouffées qu'il rejeta dans un sourire niais.

Maintenant il parlait presque sans arrêt, les yeux fermés comme fait une vieille encore coquette pour savourer ses phrases, mêlant le hongrois au français, le français à l'anglais, désorganisé, ouvert, violé, laissant couler de lui, à petits spasmes essoufflés, des phrases incohérentes, comme une humeur.

Philippe écoutait avidement. Il se dégorgeait, il se vidait, Gesa. Peut-être était-il en train de mourir ? Il avait l'agonie bavarde comme une ivresse. Il se livrait. Philippe regrettait qu'il parlât hongrois. Il secoua Gesa :

– Parlez français !

L'autre essaya en vain d'ouvrir les yeux.

– Parlez français !

Gesa se tut.

– Fumez !

Il voulut porter la cigarette à ses lèvres, mais il tâtonna sans trouver tout de suite la bouche. Il prit une rapide bouffée, puis recommença à discourir, faisant avec sa cigarette, qu'il tenait comme un stylo, des gestes vagues devant lui.

Philippe écoutait.

Il lui semblait que le Hongrois ne risquait rien tant qu'il parlait. La mort ne prend pas les bavards par surprise. Elle leur laisse le temps de finir leurs phrases. Chaque silence au contraire multipliait cette menace absurde, et donnait de la consistance à ce désespoir irréel.

Quel secret allait échapper à Gesa ? Il était comme une vessie qui se distend, tout sortait de lui. Philippe allait-il savoir ? Mais non. Gesa répétait cinq fois le même mot, s'embourbant dans chaque forme syntaxique trop compliquée et s'arrêtant pour sourire aux anges.

Philippe eut soudain la tentation – disons : inconvenante – de « faire parler » le Hongrois. Ça ne devait pas être impossible. Il fallait lui poser des questions simples, comme on en pose aux sujets en état d'hypnose, dans les séances de spiritisme. Il n'osait pas. Il dit encore, d'une voix impérieuse : « Fumez ! ». Puis sur un ton changé, honteux, il prononça des mots familiers, qui ne devaient pas effaroucher ce demi-vivant, ce mort vivant vautré dans le fauteuil.

– Je suis votre ami, Gesa. Vous savez que je suis votre ami ? N'est-ce pas ? Vous avez confiance en moi. Écoutez-moi. Vous avez confiance en moi. (Il attendait, avant de prononcer une phrase, que l'autre eût témoigné par un signe de son intérêt, comme un alpiniste n'avance qu'après avoir assuré sa prise.) *You trust me, Gesa. Don't you ?*

Puis il parla un peu plus fort. Il demanda pourquoi il avait voulu s'empoisonner. Pourquoi ? Pourquoi ? Pourquoi ?... Il s'arrêta : il criait. Soudain il lâcha les mots qui lui brûlaient la bouche depuis tout à l'heure :

– Et Élisabeth ? Que dira Élisabeth, Gesa ? Que dira Élisabeth ?...

Le silence tomba, Gesa soufflant un peu par ses lèvres entrouvertes. Le prénom, trois fois répété, resta en l'air. Philippe était penché sur Gesa, le visage à trente centimètres du sien, la bouche lui aussi entrouverte, par un mimétisme rageur ou inconscient. L'autre semblait n'avoir rien entendu. Sa tête reposait sur le dossier, un peu désaxée, le nez pincé, la peau collée au squelette et toute marbrée de rouge et de gris sale.

Philippe se recula. De nouveau la respiration de Gesa s'amplifiait. Il glissait au sommeil. Au bout de son bras inerte, la main droite pendait, doigts écartés, veines gonflées et palpitantes. La cigarette à demi consumée fumait sur le tapis qu'elle était en train de brûler doucement.

Un coup de sonnette très long.

Philippe se jeta vers la porte pour aller ouvrir.

⁂

Pendant qu'il introduisait le médecin, Philippe ne pensa qu'à brouiller les cartes. C'est un autre médecin qui lui avait dit un jour : « Parlez-moi d'un suicide : je cherche la femme. Les hommes ne se suicident que pour les femmes. » De quel ton de flic blasé, d'homme à histoires, il avait dit cela ! Philippe avait peu de temps. Il chercha cependant à ruser. Il pensa que cela ne devait pas être difficile. Il connaissait un peu ce jeune médecin – le docteur Loriot – qui habitait l'immeuble voisin.

– Une histoire stupide, lui dit-il, un de nos amis, un réfugié, tout à fait déséquilibré, a tenté de se suicider. Je n'ai pas voulu le croire. Il paraissait trop lucide. Mais j'ai dû me rendre à l'évidence. Vous allez juger.

Il tenta de retenir le médecin, qui, entendant le monologue nuageux du Hongrois, se dirigeait vers le salon.

– Il peut s'agir d'un simulateur...

Loriot se retourna sans douceur :

– Vous le connaissez, hein ?

Philippe prit un air offusqué.

– Exilé, un peu mythomane. Sans travail. Ça suffit pour dérégler quelqu'un, non ?

Loriot haussa les épaules et entra dans le salon. Alors, comme un père qui n'ose pas entrer, pour la première fois, dans la chambre où sa fillette est endormie, Philippe resta derrière la porte, figé dans une absurde pudeur.

Il sursauta lorsque Loriot sortit de la pièce et revint dans l'entrée.

– Vous m'avez dit au téléphone : gardénal. Combien de comprimés ?

– Soixante, dit Philippe, tout en remarquant que le médecin avait mauvaise mémoire.

– On va essayer de le faire vomir. J'ai apporté de l'ipéca. Où est la cuisine ?

Philippe le guida et lui donna une casserole et une tasse.

– Allumettes.

Loriot semblait jouer le rôle du chirurgien sûr de soi pendant l'opération. En donnant du feu à Gesa tout à l'heure, Philippe avait laissé sa boîte d'allumettes sur la table du salon. Il alla la chercher. Il trouva le Hongrois hébété, le haut du corps penché en avant. Son masque se décharnait.

Sous la peau grise et rouge le squelette se sculptait avec un relief surprenant. Il leva un œil égaré sur Philippe.

– Mon cher, pourquoi me laissez-vous seul ? Que signifient ces allées et venues ? Étranges manières. Très étranges. Chez des gens du monde. Vous m'étonnez. Vous m'étonnez.

Philippe s'était arrêté. Il écoutait l'autre sans oser bouger.

– Et la charmante Élisabeth ? Où se trouve la charmante Élisabeth ?

Il se leva à demi en s'appuyant aux accoudoirs du fauteuil. Il disait cela comme on dit : « Je ne vois pas ces charmantes miniatures. Où sont ces charmantes miniatures ? » Et pour accentuer encore la méprise il regardait les murs avec un désarroi bouffon.

Il se leva comme on tombe, dans un trébuchement de pitre et se raccrocha à Philippe qu'il prit par le revers de son veston.

– Mon cher, vous avez beaucoup de chance. Élisabeth est... exceptionnelle. (Le mot avait eu du mal à sortir.) Absolument exceptionnelle. On devrait toujours se marier. Se marier tôt. Un célibataire est ridicule, voyez-vous. On veut préserver sa liberté. Les aventures... C'est le mot n'est-ce pas ? C'est... dérisoire.

Il trouvait de nouveau ses phrases avec aisance. Seuls ses yeux, embrumés, gris, étaient des yeux de moribond ou d'endormi. Étranges dans ce visage exalté, avec ce corps désaccordé, secoué de mouvements vagues.

Loriot rentra à ce moment-là.

– J'ai trouvé des allumettes moi-même, dit-il.

Il posa la tasse d'ipéca sur la cheminée. Il obligea Gesa à lâcher Philippe et le poussa sans ménagements vers le fauteuil. Le Hongrois le regardait avec une stupéfaction scandalisée et se laissait faire. Le regard du médecin semblait fuir sans aucun effort celui de Gesa. On ne regarde pas une chose. Il lui noua une serviette de toilette autour du cou, comme à un enfant, et lui fit boire l'ipéca sans rien dire, en inclinant en arrière la tête du Hongrois qu'il basculait de sa main gauche comme la tête d'un mannequin articulé. Tout cela dans le silence, avec les yeux de Gesa attachés au visage de Loriot. Philippe retenait sa respiration.

Quand il eut fini de le faire boire, Loriot s'écarta du Hongrois et lui posa une bassine sur les genoux. Alors seulement il parut libérer son regard et ses traits sérieux devinrent extraordinairement curieux, et comme ironiques. Gesa retournait à son monologue.

– Les pauvres célibataires, eux, ils n'ont pas droit à l'amour, eh ? Ils sont... frustrés. Tout est clandestin. Déshonneur, mon cher. Déshonneur. C'est risible. Un homme tel que moi...

Loriot l'écoutait avec un demi-sourire. (Philippe sursauta : « ...Je cherche la femme... ») La tête de Gesa ballotta de droite à gauche, comme si le sommeil, après lui avoir accordé un répit, revenait à la charge. Il tenta de se reprendre. Il ne regardait personne, n'avait apparemment conscience de rien. Assis dans le grand fauteuil à oreilles, la serviette verte autour du cou comme une bavette de bébé, la bassine d'émail blanc sur les genoux, il était grotesque. À ce moment Philippe entendit le bruit d'une clé dans la serrure de la porte : Élisabeth allait apparaître. Philippe se jeta en avant pour lui barrer la route et lui épargner la vue de Gesa. Maintenant il avait peur qu'elle ne se trahît. Il n'arriva pas assez vite : Élisabeth entrait, l'air bouleversé.

– Je sais, dit-elle. Où est-il ?

Elle savait ? Comment savait-elle ? La concierge ? Il fallait donc que Loriot eût parlé à la concierge ? Ou bien quoi ?

L'inattention de Philippe ne dura qu'un instant, mais cet instant suffit à Élisabeth pour traverser le couloir et avancer dans le salon. Elle s'arrêta. Philippe entra derrière elle. Le médecin se leva. Tous immobiles. Élisabeth était en arrêt, animale, traquée, le corps un peu plié, comme blessée, les bras collés le long d'elle. Philippe entendait le sang battre dans sa tête. Il fixait sa femme comme un fou. Les lèvres d'Élisabeth tremblèrent un peu et ses yeux, toujours secs, rougirent brusquement et parurent gonfler. Loriot avait cessé de sourire. Gesa, enfin silencieux, serrait entre ses longues mains jaunes la bassine comme s'il s'y accrochait.

Lui aussi regardait au-delà d'elle, et nul ne savait si, oui ou non, il la voyait pleurer.

⁂

Lorsque Gesa parut tomber irrésistiblement dans le sommeil, Loriot fit appeler une ambulance pour transporter le Hongrois dans un hôpital.

– Évitons la mort chez vous, dit-il à Philippe, les formalités sont toujours délicates.

Pour empêcher qu'il ne tombât dans le coma avant qu'on ne lui eût administré la strychnine, il injecta au Hongrois une intraveineuse de Maxiton. Philippe l'aida à faire la piqûre. Il avait l'impression de toucher un mort dont les bras auraient été mous.

Gesa n'avait pas vomi.

– Nous nous y sommes pris trop tard, constata Loriot. Il pouvait d'ailleurs être à jeun.

À jeun ? À huit heures du soir ? Ils avaient allongé le Hongrois sur un divan, dans un coin du salon. Ils lui avaient retiré sa veste et les manches de sa chemise étaient roulées sur ses bras minces et blancs. Philippe se rappela une phrase de Gesa : « ...J'ai traversé plusieurs fois le Danube à la nage, autrefois... »

Élisabeth allait et venait à travers l'appartement, le visage dur, les yeux secs, remettant des objets à leur place, prisonnière et déroutée. Philippe se taisait. Il regardait Gesa. Élisabeth évitait d'avoir à tourner les yeux vers le divan. Ce corps frêle et long étendu, ce guignol tragique, cette déchéance... Jusqu'où, en elle, les coups portaient-ils ? Philippe rêvait là-dessus. Elles aiment les vaincus, c'est une affaire entendue, mais pas au point de tolérer sans humiliation d'avoir à leur pardonner tous les spectacles qu'ils imposent. Sait-on ?

Loriot attendait que la piqûre fît son effet. Au téléphone, il avait recommandé que le chauffeur de l'ambulance fût accompagné d'un infirmier.

– Nous en aurons besoin.

Il expliqua à Philippe que le Maxiton pouvait provoquer un état d'excitation intense.

– Cela ne dure pas, mais c'est parfois...

Il regarda brièvement Élisabeth qui écoutait.

– ...Enfin, pas beau à voir...

Élisabeth s'assit avec lassitude à côté de Philippe. Tout son visage enlaidi et affaissé. Loriot se leva, alla vers la bibliothèque, et, tournant le dos à la pièce, feuilleta un livre.

***

Loriot avait dit vrai. Le réveil de Gesa et son transport jusqu'à l'ambulance, s'ils ne durèrent que peu de minutes, se déroulèrent dans un inimaginable désordre. Plus tard, en évoquant ces quelques instants, Philippe se souvint du visage méconnaissable de sa femme, mais sans se souvenir de l'avoir sur le moment remarqué.

Le réveil de Gesa fut rapide, presque brutal, et tout de suite il fallut que Loriot s'assît à côté de lui pour l'empêcher de se lever. Le médecin faisait écran de son corps entre la pièce et le Hongrois. Gesa ne savait plus où il se trouvait. Il réclama à boire. Élisabeth revint de la cuisine avec un verre d'eau qu'elle donna à son mari près de la porte, refusant – crut-il – d'approcher du divan. Le Hongrois, d'un revers de main imprévisible, rejeta loin de lui le verre qui alla rouler sur le sol, marquant d'une longue traînée humide la moquette. Élisabeth regarda sans bouger le verre renversé. Philippe fit trois pas et le ramassa.

Gesa parlait maintenant avec une vélocité, une abondance stupéfiantes. Il mêlait comme tout à l'heure les différentes langues, mais sur un rythme tel que ses mots se chevauchaient et devenaient incompréhensibles. Loriot le tenait par les bras, et à la crispation de ses mains Philippe devina qu'il avait besoin de toute sa force. Ainsi cloué au divan, Gesa se démenait, ses jambes battant l'air dans un geste étroit et ridicule, transformant certaines de ses paroles en une espèce de modulation ininterrompue, tragique comme un gémissement, mais avec de brusques pointes de colère qui le faisaient hoqueter. Enfin l'infirmier sonna et Philippe alla lui ouvrir la porte.

Quand on le releva pour l'habiller, Gesa parut reprendre un court instant conscience du lieu. Élisabeth s'était terrée au fond de la pièce, le regard traqué. Soudain Gesa l'aperçut. On lui enfila sa veste. Il y eut un bref silence. Il ne quittait pas Élisabeth des yeux. Il fit un pas en avant, si rapide qu'il échappa à la poigne de Loriot. Mais le tapis glissant sous lui, il leva les bras et perdit l'équilibre ; ce fut Philippe qui le reçut à bras le corps. « Vite », dit l'infirmier.

Philippe et Loriot le tenant chacun par un bras, ils poussèrent le Hongrois à travers l'entrée jusqu'au palier. Il avait repris ses récriminations et il demandait toujours à boire. Ils dégringolèrent l'escalier dans un grand bruit, entraînés par Gesa dont la force paraissait décuplée. Il criait maintenant à tue-tête. Par miracle ils parvinrent tous les quatre à conserver leur équilibre. S'ils ne s'étaient accrochés à lui, Gesa se fût écroulé, la tête la première, en hurlant. Élisabeth descendait derrière eux. Lorsqu'ils arrivèrent devant la loge, ils trouvèrent le concierge et sa femme sur le pas de leur porte, silencieux, et Philippe comprit qu'ils avaient peur. Gesa vit-il lui aussi ces deux visages effrayés ? Que comprit-il ? Il s'arrêta. Et son arrêt fut aussi irrésistible que sa dégringolade un instant auparavant. Il se tut. Soudain, en hongrois, et paraissant s'adresser au vieux couple, il lâcha quelques mots affreusement discordants, les yeux rouges de sang, les traits convulsés. Loriot parvenait à peine à le maîtriser. Il adressa un signe à l'infirmier.

Celui-ci fit un pas en avant. Avant que son poing n'eût atteint le Hongrois on entendit la voix d'Élisabeth, précise et sèche. L'infirmier recula, pendant que Gesa tournait la tête. Sans regarder le Hongrois elle descendit trois marches et se glissa auprès de lui. Il la suivait des yeux. Elle saisit son poignet – non pas sa main, mais son poignet, à peine, du bout de ses doigts – et toujours sans le regarder, avec un demi-sourire sans doute involontaire, sans voir les visages stupéfaits du médecin et de l'infirmier elle entraîna Gesa comme on emmène un enfant très jeune et docile.

***

À peine Gesa allongé sur la couchette, l'ambulance démarra. Il ne fallait que quelques minutes pour aller jusqu'à Cochin. Ce furent encore d'étonnantes minutes. Philippe s'était assis à côté du chauffeur. Loriot ne les accompagnait pas. Élisabeth s'était installée, près de l'infirmier, sur la banquette aménagée contre la civière. Philippe pouvait voir, en se retournant, l'intérieur sombre de l'ambulance. Les rues de huit heures du soir étaient encore encombrées. De son siège, Philippe devinait le rougeoiement intermittent du signal d'urgence sur le toit de la voiture. Une fois seulement, près du Luxembourg, le chauffeur jeta sur deux notes un avertissement impérieux. Philippe en eut honte, comme il avait honte du signal d'urgence. Entre la hâte du conducteur, cet appel qui ressemblait à celui des pompiers ou de la police, ce clignotement louche d'une lampe dans le soir, et la scène confuse qui se jouait à l'intérieur de l'ambulance, le désaccord était trop flagrant.

L'infirmier avait fait l'obscurité. Philippe ne voyait plus que le profil penché d'Élisabeth. À travers la vitre dépolie de la fenêtre, les lumières lentes de la nuit éclairaient sur les traits de la jeune femme des expressions rapides, leur donnant des sens différents, comme autant de sentiments qui se seraient partagé son cœur. Tour à tour Philippe voyait ainsi l'incrédulité, la tristesse, le ressentiment se dessiner sur le visage incliné d'Élisabeth. Un visage qui s'était ouvert, que la nuit de l'ambulance semblait avoir enfin descellé, et qui paraissait accueillir sans défiance le désespoir animal ou enfantin de Gesa, que l'on entendait pleurer à longs sanglots. Philippe ne voyait pas le Hongrois. Il écoutait ses reniflements et ses paroles incohérentes. Il percevait dans cette délivrance une espèce de joie sensuelle, comme on en devine chez les femmes saoules qui se traînent par terre et s'exposent aux regards, la nuit, dans les bals, à l'heure où éclatent les rixes et les scandales. Le Hongrois se démenait sur la civière, ventre en l'air, un sourire béat peu à peu mouillé par ses larmes, et de ses deux mains, convulsivement, Philippe le vit s'emparer d'une main d'Élisabeth pour la porter à ses lèvres.

L'ambulance tourna dans une rue sombre, derrière l'Observatoire, et l'obscurité s'épaissit. Encore quelques secondes et ils s'engagèrent sous la voûte de l'entrée de l'hôpital. La voiture s'arrêta brusquement devant la salle d'admission des urgences. Philippe descendit le premier, et, sans s'occuper de Gesa que l'infirmier tentait de faire descendre, alla jusqu'à un guichet donner le papier qu'avait griffonné Loriot.

⁂

On avait allongé Gesa sur une civière roulante que deux infirmiers mal rasés poussaient d'une salle à l'autre. À peine couché, le Hongrois était retombé dans une prostration totale. Élisabeth le regardait, mais il ne la reconnaissait pas. L'interne de garde tenta de l'interroger. À grands cris brutaux avec des tutoiements, des tapes sur l'épaule, toute une mise en scène maladroite et outrée, il essaya de tirer quelques mots cohérents du Hongrois. Il l'assit sur la civière en le tenant aux épaules et lui parla très fort, dans les oreilles. Gesa ouvrit plus grands ses yeux et se tourna vers Philippe. Il écarta les lèvres. Tous autour de lui firent silence. Philippe avait envie de s'enfuir, d'abréger tout cela, de dire au médecin qu'il était inutile de jouer aucun rôle, qu'ils faisaient, Élisabeth et lui, un mauvais public.

– ...Mon cher, mon cher, votre enquête sur les partis en exil était des plus intéressantes...

Gesa se redressa encore, seul cette fois, et tendit vers le plafond un doigt doctoral :

– ...D'ailleurs *Le Monde* vous a consacré quelques lignes extrêmement élogieuses...

Il l'agrippa. À ce moment, sur un signe de l'interne, les infirmiers mirent la civière en branle pour retourner dans la salle d'admission. Philippe dut arracher sa main à l'étreinte de Gesa. Élisabeth fit une petite grimace douloureuse et excédée. Dans le couloir au plafond très haut ils entendaient la voix du Hongrois répercutée entre les murs :

– ...Ne m'abandonnez pas, Philippe. Ne m'abandonnez pas...

L'interne prit Philippe par le bras.

– Allez-y, dit-il.

Et comme Philippe le regardait :

– ...Oh, on a simplement besoin de votre présence pour vider ses poches et déposer au bureau ses objets personnels.

Philippe sortit sans s'assurer qu'Élisabeth le suivait.

⁂

Un employé de l'hôpital – celui-ci ne portait pas de petit calot blanc – sortit méthodiquement des poches de Gesa tout ce qu'elles contenaient et en fit un tas sur la tablette du guichet. Philippe jouait le rôle du « membre de la famille ». C'est lui qui dicta l'adresse de Gesa.

– Gesa ?... On dirait un prénom de fille... Date de naissance ?

On tendit à Philippe le portefeuille du Hongrois :

– Regardez vous-même, monsieur. Vous trouverez peut-être des papiers d'identité.

Philippe prit le portefeuille et l'ouvrit. Il jeta autour de lui un coup d'œil. Élisabeth n'était pas là. Il entendit sa voix dans une salle voisine où l'on était en train de recouvrir Gesa d'une couverture brune après lui avoir ôté veste et cravate. Le portefeuille était vieux, bourré de papiers. Philippe posa sur le bois un tas de lettres et d'enveloppes écornées. Presque aussitôt il reconnut le « certificat de nationalité » qui tenait lieu à Gesa de titre d'identité. Il sortit la feuille mais ne la tendit pas à l'employé.

– Il y a peut-être mieux, dit-il pour lui.

Il regarda très vite, une à une, les enveloppes. Une d'elles, très sale, était couverte d'additions et de chiffres. Une autre, avec des timbres hongrois, avait servi à noter des adresses et des numéros de téléphone. Deux lettres provenaient du « Plan Marshall ». Des réponses négatives à des offres de service, probablement. Philippe retourna les deux dernières enveloppes, l'une, la plus récente, à peine froissée, était timbrée comme un pneumatique. Elle était marquée « urgente ». Philippe recula brusquement hors du cône de lumière du guichet. Les deux adresses étaient de la main d'Élisabeth.

On ne s'était pas aperçu de son mouvement. Philippe tendit le certificat de Gesa.

– C'est écrit en français, dit-il, vous pouvez lire.

Il attendit, les mains posées à plat à côté du portefeuille, redressé, le visage dans l'ombre, que l'on eût fini de recopier l'état civil du Hongrois. Il entendit la voix qui dictait :

– ...S, comme Suzanne. Z, comme Zoé. E, comme Ernest. C, comme Caroline...

Ouvrirait-il le portefeuille ? Il le regarda. On voyait la trace des initiales – G.B. – qui avaient été arrachées.

– ...Buda-Pest, en deux mots.

– Mais non. Budapest, ça s'écrit en un seul mot...

Élisabeth était la moins secrète des épouses. Depuis trois ans, Philippe lisait toutes les lettres qu'elle recevait. Lorsqu'elle écrivait, c'était toujours le soir, et elle confiait les lettres à Philippe, pour qu'il les mît à la poste en allant à son bureau.

– ...le 17 septembre 1915...
– Somme déposée ?
L'employé regardait Philippe. Dans les poches du portefeuille, aucun billet. Sur la tablette, à côté de la montre et d'un stylo étaient posées deux pièces de monnaie. Sept francs.
– Alors...
Il y eut un silence. Celui qui écrivait dit à mi-voix en remplissant la fiche :
– ...somme déposée, sept francs.
Un infirmier jeta un regard mauvais à Philippe.
– Pas la peine de chercher pourquoi il a voulu se détruire, celui-là. Sept francs ! Il avait faim...
Philippe se rappela : « ...à jeun ».
Puis l'infirmier qui avait parlé regarda encore Philippe et sortit, rallumant une cigarette en penchant la tête de côté, à la flamme haute et fumeuse d'un briquet de cuivre.

⁂

De temps à autre, la vie fait ses comptes. Elle additionne, soustrait, tire une barre sous l'opération. À nous de faire la preuve, d'interpréter les conclusions. Ces opérations dont l'exercice nous est en quelque sorte imposé ne vont jamais, de notre part, sans colère, ou sans incrédulité. L'homme est un mauvais comptable. Le nez dans ses erreurs il refuse encore l'évidence. Jusqu'au dernier moment il fraude, il ruse, il falsifie le bilan comme si l'on filoutait le destin aussi facilement que le fisc. Un homme et une femme qui s'aiment ne sont pas les derniers à jouer les caissiers indélicats. Il leur faut faire faillite pour avouer un déficit. Et l'amour d'un couple est souvent une opération déficitaire. C'est une de ces affaires mirobolantes dans lesquelles, peu à peu, chaque associé essaie plus volontiers de faire fructifier le capital de l'autre que de risquer son propre apport. Et Philippe, qui feint parfois d'aimer les situations nettes, songe ce soir qu'il serait peut-être temps de « faire le point ». (À partir de là de nouvelles comparaisons s'offrent à sa soif d'images. Après l'expert-comptable, l'officier de marine. Naviguer en commun, affronter les tempêtes, maintenir son cap, les figures de proue, etc.)

Les avertissements que prodigue le sort sont parfois ambigus, ils ne sont jamais absurdes. Une crise qui éclate est le signe d'une maladie : il serait sot de confondre les symptômes et le mal. C'est pourquoi Philippe ne lutte pas. On ne lutte pas contre les signes. Il attendait l'attaque. Il l'attendait depuis plus de deux ans. Il trouve néanmoins amer que Gesa soit le messager de la mauvaise nouvelle. C'est un piètre messager. Et la mise en scène dont le hasard entoure son entrée dans le jeu est des plus sordides. Sordide et cocasse. C'est cette double qualité que Philippe ne se pardonne pas d'avoir méritée. Car il l'a méritée. Pour lui cela ne fait pas de question. Il accepte les coups. Il les accepterait même un peu trop volontiers. Le sort s'acharne sur ces victimes conciliantes.

Demain, certes, il ne jouera pas les indifférents. Il interrogera, il espionnera, il harcèlera Élisabeth de reproches. Il imaginera des questions sournoises ou brutales. Mais ce ne sera qu'une partie de lui-même qui s'abaissera à ces soupçons, à ces empoignades de mari trompé. Il n'aura de cesse que le suicide de Gesa soit expliqué. Puis d'autres questions, autrement plus tenaces, autrement plus douloureuses, se grefferont sur la première. Rencontrait-il souvent Élisabeth ? Pourquoi lui écrivait-elle ? Se sont-ils aimés ? De ces questions auxquelles on accroche des images. Il cherchera. Toutes les ironies ignobles qu'on peut faire sur le dos d'un pauvre, d'un étranger, d'un mort ou d'un rescapé, il les jettera à la tête d'Élisabeth, et chacune portera : il en escompte quelque revanche. Et lorsqu'il saura la vérité, qu'en fera-t-il ? Ce ne sera jamais que la vérité, c'est-à-dire, entre un homme et une femme qui se sont aimés, le plus affreux ramassis de malentendus et de tristesses. Les choses sont ainsi faites qu'un couple se détruit lui-même, les coups paraissant toujours venir d'ailleurs. Le mal et ses signes. La règle veut que Philippe exige des comptes – ces comptes qu'il ne fera pas ce soir –, qu'il mette Élisabeth en demeure de se laver d'une culpabilité dont profondément il la sait innocente. Mais une autre partie de lui-même, celle qu'il a exercée à ne pas souffrir, celle qu'il a endurcie aux leçons d'un amour trop difficile, celle-là prendra ses distances, les prend déjà. Le feu couve sous le secret des couples heureux ou malheureux. (Ce ne sont pas là des catégories bien distinctes.) Mais les flammes brèves, les crépitements haineux, les feux de paille empestés et vite éteints sous la cendre qui jaillissent parfois entre un homme et une femme n'ont rien de commun avec cette longue souffrance, cette longue patience dont Philippe reconnaît la brûlure profonde et familière. Les cris mal contenus qui déchirent parfois un silence ne trahissent pas le silence. Ils ne trahissent pas la vie fourmillante et continuelle du silence. Quand un de ces cris éclate dans un mariage il n'ouvre pas d'abîme. C'est un signe de nervosité, pas davantage.

Philippe sait que le sort ne livrera pas à ses méditations, en même temps que les heures tragiques et bouffonnes de cette soirée, leur commentaire ni leur explication. Les avertissements ne sont pas accompagnés d'un mode d'emploi. Burlesque ? Déchirant ? Le personnage de Gesa donne la mesure des combats qui attendent Élisabeth et Philippe. C'est là que gît la menace la plus sournoise : dans cette espèce de déshonneur que jette ce soir Gesa sur la souffrance, dans ce discrédit, dans ce comique. Le malheur s'annonce comme il peut : par un ange, par un tragédien, par un clown.

Les policiers cherchent toujours le « mobile » du crime. Il n'y a pas de mobile. Il n'y a qu'un crime. Et une vie, un monde où les crimes sont possibles. Pour le reste, ceux qui s'aiment jouent leur honneur sur ce qui ne se perd qu'une fois. Philippe n'est pas pressé de savoir pourquoi s'est suicidé Gesa. Ni de devoir appeler « vérités » les certitudes équivoques qu'il découvrira peut-être demain.

⁂

Sans regarder Élisabeth, sans regarder les deux internes qui se penchaient sur Gesa en lui tenant chacun une main comme des amoureux de théâtre, Philippe fit demi-tour et sortit de la pièce en trois pas, d'un seul mouvement, doutant même qu'on se fût aperçu de son départ, tant il avait été rapide et silencieux.

Il dégringola un escalier mal éclairé, dont les ampoules paraissaient recouvertes encore du vernis bleu de la guerre. Il se trompa de couloir, puis de porte, et déboucha dans un réduit où trois infirmiers bavardaient en buvant. Ils se turent brusquement. Philippe les reconnut : deux d'entre eux avaient transporté Gesa, et le troisième avait assisté à l'inventaire de ses poches. Ils eurent un sourire étonné, attendant sans doute que Philippe fît demi-tour. Mais il ne bougea pas et se sentit un drôle d'air. Il porta la main à sa joue : il devait être livide, avec deux plaques rouges aux pommettes, comme un tuberculeux essoufflé. L'un des infirmiers eut pitié de lui : « Le monsieur a l'air glacé, dit-il. Vous prendrez bien un verre avec nous. »

Philippe accepta le verre qu'on lui tendait. Les autres firent quelques réflexions par-dessus sa tête, sans s'adresser à lui, pour ne pas le gêner et le laisser libre de répondre ou non.

– C'était seulement un ami, dit-il, mais tout de même...

On le regarda. Les trois regards exprimaient une curiosité attentive. Le silence se prolongea. Philippe regretta d'avoir interrompu le bavardage poli des infirmiers. Il but coup sur coup deux verres d'alcool qui lui brûlèrent l'estomac.

– Oh ! c'est toujours impressionnant, dit l'un des trois.

Philippe sourit, remercia celui à qui semblait appartenir la bouteille de marc et sortit à reculons, tandis que les autres, généreusement, saluaient son départ de mots gentils.

J'ai l'air de m'enfuir, pensa Philippe.

C'était vrai, il fuyait. Il fuyait cet endroit où la mort était ridiculisée, réduite à des dimensions dérisoires. Mais s'il pouvait sortir de l'hôpital, déambuler une fois de plus à travers les rues, il ne fuirait pas aussi facilement cette soirée elle-même, dont tous les instants, toutes les surprises, toutes les images successives imprimées en lui s'attaquaient avec une rage égale à la dignité de la vie, à la dignité de la mort.

Ainsi des juges renvoient-ils parfois dos à dos, en ricanant, deux filous ou deux pochards qui se disputaient un butin si maigre, un si mince honneur, que la justice elle-même est tentée de ne pas les départager. La vie et la mort seraient-elles ainsi confondues ce soir dans le même dédaigneux désordre où roulaient pêle-mêle les illusions et les pensées de Philippe ? La fidélité d'Élisabeth, que Gesa vive ou meure, le sort de leur foyer, tout cela avait-il si peu d'importance, que les images de la vie prissent cette couleur monotone, cette opacité uniforme et sans relief ?

La fatigue de la soirée trop tendue, le froid des rues, l'ivresse des deux verres bus trop vite montaient à la tête de Philippe dans un tournoiement lourd. Il y retrouvait sa lucidité, sa paresseuse imagination, fidèles comme des ennemies.

Philippe marchait sans hésiter vers sa rue, vers la maison, prisonnier de lignes de force innombrables, résigné déjà au monologue qu'il allait falloir reprendre au point interrompu.

***

Un répit lui fut encore accordé. L'interne de service, à Cochin, lui avait demandé de passer à l'hôtel du Hongrois et de demander à visiter sa chambre. Il devait être possible de retrouver les tubes de gardénal vides, et de vérifier la dose absorbée. Philippe changea de direction et prit une rue à main gauche, du même mouvement de tout l'être dont on décide de repousser encore un geste ennuyeux et nécessaire, un acte de courage qui coûte et pèse, ou de retarder absurdement une échéance, un rendez-vous avec le sort.

⁂

La pièce baptisée « bureau » tenait lieu à la fois de salle à manger, de cabine téléphonique et de cuisine.

Lorsque Philippe entra, deux femmes âgées étaient attablées. Leur pain s'émiettait sur une toile cirée à carreaux verts et blancs, et ces carreaux jaillirent du fond de la mémoire de Philippe, du fond de son enfance, entraînant avec eux des images d'été, le souvenir d'après-midi de jeu qui s'achevaient dans le bruit, à la cuisine, par un goûter que servait Louise aux enfants autour d'une table recouverte d'une toile cirée à carreaux verts et blancs. Le souvenir fut si vivace que Philippe demeura interdit. Les vieilles le regardaient sans bonté. Le passage avait été rapide, du froid de la rue à cette chaleur épaisse de serre. Philippe se sentit mal. Une buée grasse recouvrait ses lunettes. Il les ôta pour les essuyer. Autour de lui les objets prirent des contours flous. « C'est complet », dit une des femmes. Sur un petit réchaud à gaz posé à même une desserte, deux poissons achevaient de frire dans une poêle, empestant le réduit. Philippe remit ses lunettes, sourit et dit qu'il ne voulait pas de chambre. Il dut s'expliquer longtemps, plusieurs minutes. Pendant que l'une des femmes se levait et posait sur une assiette les deux poissons, l'autre écoutait Philippe en façonnant de ses doigts plats des boulettes de mie de pain. Philippe comprit qu'il n'obtiendrait rien sans dire la vérité. Il expliqua en peu de mots que Monsieur Bechenyi avait tenté de se suicider, qu'on espérait le sauver, mais qu'il fallait vérifier la dose de gardénal qu'il avait absorbée. Il demanda l'autorisation de monter dans sa chambre. Il sentit comme une fissure dans l'hostilité compacte de l'hôtelière. À ce moment, en silence, celle qui paraissait être la domestique glissa sous le nez de sa patronne un merlan plein de beurre et se rassit, reprenant pour observer Philippe la pose des confidentes de tragédie.

– Mais je n'ai pas de garantie, dit l'hôtelière...

– Accompagnez-moi, proposa Philippe. Je ne toucherai à rien. Vous fouillerez vous-même et je n'emporterai rien.

Le mot « rien », ainsi répété, flotta entre eux trois, doué d'un pouvoir rassurant. Philippe sentait la vieille fléchir. La curiosité allait l'emporter. Dans son œil un peu de jubilation brillait déjà. « Je devrais téléphoner au commissariat », remarqua-t-elle. Philippe dit que c'était urgent, que Monsieur Bechenyi était en train de mourir. C'était forcer un peu la note. Il y eut un flottement autour des petits carreaux verts et blancs.

– Ça vous coupe tout de même l'appétit...

Philippe pensa que quoi qu'il arrivât Gesa aurait eu son oraison funèbre. L'hôtelière repoussa le merlan de ses deux mains. Puis elle tourna vers la confidente un regard mouillé de pitié, et l'autre, miracle, noya son visage dans un sourire d'une infinie canaillerie, regarda Philippe et cracha quelques mots, s'arrêtant comme pour juguler un rire :

– Une histoire de femme, monsieur. Il avait le regard cochon celui-là. Je vous le dis franchement. Ça sortait à des onze heures, sans parler. Ça courait la femme à pognon. C'est clair...

– Mademoiselle va vous montrer le chemin, dit l'hôtelière. Philippe suivit dans le couloir un dos énorme, un parfum de friture et de brillantine, pendant que la voix s'essoufflait devant lui :

– ...le regard cochon, ça ne trompe jamais... C'est clair.

⁂

Dans la lumière blanche, la chambre fit peur à Philippe. Il prit son temps, voulant donner à ses pensées désunies et folles le temps de se rassembler, de s'appliquer au soin de la fouille et à cette joie un peu égarée des effractions et des vols. La vieille s'était arrêtée sur le seuil. Pendant que Philippe empilait des journaux épars sur la table, il entendit la voix humide qui se figeait de façon inattendue.

– Les chambres des morts, ça impressionne.

Des oiseaux bleus ouvraient les ailes en accents circonflexes symétriques sur le fond argent du papier peint. Dans la rue on entendait une musique grêle, comme en font les petits accordéons suffoqués des prédicateurs de l'Armée du Salut, les soirs d'hiver, aux coins des trottoirs. Philippe se retourna et heurta du front l'ampoule abaissée pour permettre la lecture. Il vit de grandes flammes rouges et tituba. Il se rattrapa à une chaise. Quand il rouvrit les yeux la vieille le regardait sans rien dire, comme si pour elle le temps se fût arrêté lorsqu'ils étaient entrés ici. Sur la table, un paquet de lettres, enveloppes déchirées, était posé en évidence. Philippe les prit et regarda bêtement le petit tas de papier en le soupesant. Il le reposa sur la table. Il pensait aux enveloppes trouvées dans le portefeuille de Gesa et à l'écriture d'Élisabeth. « Il faudrait brûler cela », dit-il en désignant les papiers en désordre. Puis il voulut aussitôt rattraper la parole absurde ou l'expliquer. Mais à quoi bon ?

Le lit était défait. Du linge traînait sur les deux chaises et dans les coins. Des journaux et des revues empilés par terre étaient maculés de taches et couverts de poussière. Philippe jeta un coup d'œil avide vers les objets posés sur la tablette du lavabo. Le miroir vert et piqué lui jeta de face l'image de son visage congestionné; il y lut une affreuse dissimulation. Il s'enfuit vers le lit. Sur la table de nuit, à côté d'un cendrier, étaient posés trois tubes de comprimés de gardénal. Philippe les prit, nota les doses, fit le calcul : Gesa n'avait pas menti.

La vieille prit à son tour les tubes qu'il avait reposés et les renifla. Cela parut la réveiller. « Ça suffit, hein ? » dit-elle. Philippe sortit à reculons, comme tout à l'heure de la salle où buvaient les infirmiers. Il ne détachait pas ses yeux du paquet de lettres. Avant de refermer la porte il regarda les draps sales, le linge souillé, et aspira, comme on respire dans un jardin après la pluie, l'odeur aigre de vieillerie, de fumée froide et de renfermé. « C'est difficile, mon cher, d'aimer comme on vous aime. »

⁂

Dans le silence de l'appartement, la porte se referma derrière lui sans claquer. Philippe eut l'impression d'un déclic qui jouait, d'un mécanisme secret au fonctionnement sûr, d'une incarcération impitoyable.

Les volets n'avaient pas été fermés. Les dessins emberlificotés de la ferronnerie traçaient sur le tulle des rideaux des réseaux fantastiques comme un jeu d'artères. De grands coups de lumière plate et bleue frappaient le plafond. Philippe fit ce qu'il ne faisait jamais. Il alla jusqu'au placard du salon à tâtons et chercha parmi les bouteilles le flacon carré du gin. Quand il l'eut trouvé, il but au goulot plusieurs gorgées, soufflant à chaque gorgée pour rejeter hors de lui la brûlure, comme le cracheur de feu cavalcadant du coton thermogène. Puis il s'assit, toujours sans allumer aucune lampe. Il regarda le plafond illimité de la nuit et attendit, les yeux ouverts, que l'alcool lui jetât à la tête une ivresse qui réveillerait celle de tout à l'heure. Il attendait calmement, presque gravement, à l'affût du premier signe, ce léger échauffement des oreilles, ce fourmillement agile du sang sous la peau. Il attendait, ce qui était sa façon à lui de faire face.

⁂

L'appartement étendait autour de lui ses couloirs, ses cagibis, ses recoins d'ombre, ses perspectives brisées et courtes, chaque mur tapissé de papiers superposés, décoré de gravures successives qui avaient laissé la trace de leurs rectangles pâlis. Chaque pièce, avec ses souvenirs, ses destinations changeantes, cet entassement presque inimaginable d'heures qui en étaient restées prisonnières et qui demeuraient tapies quelque part. Dans chaque fenêtre s'encadrait un paysage usé. Philippe connaissait les craquements de certaines lames du parquet, le petit froid qu'on ne chassait jamais du placard aux manteaux; il savait aller dans le noir, de porte en porte, de mur en mur, de meuble en meuble dans un large tâtonnement de ses bras étendus. Il savait que la bibliothèque pouvait tenir ici, mais pas là. Que pour faire passer le bureau Louis XVI par le coude du couloir, il fallait l'incliner selon un angle connu de lui seul. Il avait tout essayé, tout mesuré, tout utilisé. Il était chez lui, au centre de ses souvenirs, au milieu de ses quelques biens mobiliers, comme un détenu dans sa cellule et comme un homme dans son foyer. Ou comme un roi dans son royaume. Il régnait.

Ce soir était semblable aux autres soirs, et si Philippe eût douté de cette similitude, la vue du salon vide eût suffit à lever son doute. Rien d'insolite n'attendrait jamais Philippe ici. Rien d'insolite ne s'y passerait jamais. Il en est de certains lieux comme de certaines vies : ils découragent l'aventure, les choses y sont fixées, elles y exercent leur pouvoir despotique.

Élisabeth allait donc revenir.

On n'échappe pas à un foyer, à trois années de vie commune. Personne. Élisabeth pas plus que les autres. Les choses dictent leur loi, et pas seulement les choses, mais les cent courants irrépressibles de la vie quotidienne, les habitudes, les silences, les mots usuels, les facilités de l'amour. Il y a une certaine façon de haïr les maisons, les familles, qui vous attachent pour toujours à elles.

Certaines maisons sont maléfiques, Philippe savait cela. Et ce n'est pas vrai que des maisons. Élisabeth allait revenir. Peut-être se débattrait-elle. Elle se cognerait aux choses. Elle se ferait du mal. Mais elle ne pouvait pas ne pas revenir. Lui, Philippe, était toujours revenu. Comme si cet étroit lieu fermé, ces pièces sans âme étaient doués d'un inexplicable attrait magnétique. Philippe était toujours revenu, comme une bille retombe au fond d'un trou, et cela lui avait tenu lieu de fidélité. Il attendait donc Élisabeth, à la fois parce que les femmes sont fidèles, parce que les billes retombent au fond des trous, parce que les plus grandes détresses entraînent rarement à coucher à l'hôtel ceux qui ont un toit. Après trois ans de mariage, on retarde le moment de décider de son destin s'il est l'heure de préparer le dîner. Philippe attendait donc Élisabeth.

Gesa ? Eh bien Gesa c'était une autre question, dont Philippe comprenait mal, à bien y réfléchir, comment elle s'était mêlée à leur vie conjugale. Même devant l'allié de l'un d'eux, il semblait à Philippe qu'un moment devait venir où l'homme et la femme se réconciliaient, se liguaient contre l'intrus. La communauté conjugale peut être faite de secrets étranges, elle reste plus forte que ces alliances louches que l'homme ou la femme concluent à la hâte avec le rêve ou avec l'amour. Au moins pour certains couples. Au moins pour une certaine race d'hommes et de femmes à laquelle il pensait qu'Élisabeth et lui appartenaient. Le cas de Gesa n'était pas aussi tragique que Philippe l'avait cru. Il était aussi moins simple qu'il n'allait le croire désormais. Les hommes et les femmes « faits l'un pour l'autre » n'existent pas. Ce n'est qu'une invention niaise des amoureux pour justifier leur entêtement. Ou leur optimisme. Mais les hommes et les femmes destinés à ne jamais s'appartenir existent. Le gibier des grandes passions se recrute parmi eux.

Ainsi Philippe redorait-il ses idoles, tout à la joie d'inventer des pensées apaisantes, de faire des réflexions désabusées et sages sur ce sujet qui l'avait tant écorché.

Si Gesa mourait, tout devenait simple. S'il vivait, le charme serait rompu. On verrait Élisabeth lutter, ruser, repousser le souvenir de ce suicide raté dont elle connaîtrait sans doute les secrets. Peut-être aussi se confesserait-elle ? Elle avouerait à Philippe la vérité. Mais Philippe ne ferait rien pour l'obtenir. Il refuserait au contraire les confidences d'Élisabeth. Il n'aimerait pas lui rendre les armes de sa propre souffrance en échange de trois vérités, se désarmer devant elle sous le prétexte de pardonner ou de comprendre. Les événements devraient suivre leur cours, s'achever sans que Philippe intervînt pour les incliner ou les presser. Ce n'était pas la vérité que souhaitait Philippe, mais une paix semblable à celle qu'ils avaient connue avant que ne vînt Gesa, le silence, et la liberté de nommer bonheur cette paix et ce silence. Il avait lutté longtemps pour établir et préserver cette vérité limitée, contractée, un peu grise et tellement semblable à celle des autres couples... Elle valait mieux pour eux que la vérité flamboyante, orgueilleuse, des aveux et des pardons. Philippe entendait bien la sauver. Il ne voulait pas que tant d'efforts fussent perdus, tant de silence gâché. Si le silence est le poison des couples il est aussi leur pain. C'est un poison les premiers jours, les premiers mois. Puis vient l'accoutumance, et avec l'accoutumance le besoin. Étouffés d'abord par le silence, les époux finissent par s'en nourrir. Ils s'installent entre la santé et la maladie, dans une demi-santé vigoureuse, comme ces organismes que l'air vicié soutient au prix d'une longue habitude et qui s'étiolent au soleil ou au vent.

Philippe savait l'attrait de cette sécurité pleine de choses tues. Il espérait seulement qu'Élisabeth en découvrirait elle-même les avantages, sans qu'il eût à les lui vanter. Car si trois années suffisent pour s'habituer à se taire, c'est peu tout de même pour régler à jamais leur compte à la honte, au remords, à l'ironie des échecs.

⁂

La succession d'événements la plus rapide ne compose pas ces films harmonieux et logiques que le souvenir reconstitue plus tard, lorsque les images ont perdu leur force de choc, pour se plier aux besoins du commentaire. La réalité est discontinue, hachée, incohérente. Philippe essayait de recoller les morceaux épars de ces trois dernières heures. À peine trois heures puisque Gesa était venu avant sept heures, et qu'il n'était pas encore neuf heures et demie. Il ne rassemblait dans sa mémoire que des images brouillées. Seule une sensation de gêne émergeait du désordre de cette soirée, l'étreignait. « L'étreignait » : le mot le fit presque sourire quand il le prononça à voix basse. Lorsqu'il avait quatorze ans il succombait toujours à ces formules : l'angoisse qui étreint le cœur, les pensées qui assaillent l'esprit, les remords qui assiègent la conscience. Dans ses rédactions de lycéen, les hésitations et les scrupules se traduisaient toujours en termes de stratégie, et la vie morale devenait un championnat, une bataille rangée.

⁂

Le mot banal est pourtant juste. C'est une étreinte forte et froide. C'est aussi le malaise qu'on éprouve dans une maison vide, la nuit, à lire dans une pièce le dos tourné à la porte qu'on a laissée ouverte. Philippe se sent guetté, entouré d'ombres. Il a laissé derrière lui des portes ouvertes. Il ne sait où. Dans le rêve on a des sensations analogues : quelque chose est menaçant, quelque part. Mais quoi ? Où ?

Toute cette soirée qui semble s'être écoulée en échanges de regards le laisse seul. Échanges de regards, de curiosités silencieuses, avec Gesa, avec le médecin, avec l'interne, avec les infirmiers, avec l'hôtelière. Que cherchaient-ils donc à « lire » en lui, puisqu'on lit, paraît-il, sur les visages... Qu'avaient-ils lu ? Quelqu'un qui s'est présenté pour solliciter un emploi, lorsqu'il sort de l'immeuble où il vient d'être reçu, *sent* que quelque chose n'a pas marché. Il sait qu'il a produit une mauvaise impression, qu'il a commis des maladresses. Mais lesquelles ? Et à quel moment de l'entretien ? Il s'en va, empoisonné, avec cette question en lui comme un ulcère. C'est un petit trou noir par où s'écoulent tout l'espoir, toute la confiance. Il suffit d'un trou comme celui-là dans la mémoire pour que la vie entière se vide, s'assèche. Et lui, Philippe, espérait-il les tromper avec ce regard haineux qu'il se connaît si bien ? Ce regard qu'Élisabeth a souvent surpris sur elle. Les premiers temps elle s'en inquiétait. Elle posait des questions. Puis elle a renoncé. Elle pense que Philippe est absent de ces yeux inconnus, de leur fixité involontaire et insignifiante. Mais lui s'y sait présent tout entier, et sur ses gardes. De lui aux autres ces défis silencieux lui sont familiers. Mais d'eux à lui ? Que mendie cette insistance des yeux ? Que cachent ces silences ? Par toutes les portes restées ouvertes des ombres se faufilent. Elles glissent derrière Philippe. Elles le guettent.

Il n'a pas regardé Élisabeth. Elle ne l'a pas regardé. Dans ce réseau d'interrogations muettes jetées et rendues, avec des yeux grands ouverts surpris comme des yeux de morts, Philippe ne trouve ni le regard ni les yeux clairs d'Élisabeth. Lorsqu'elle est entrée dans l'appartement elle avait le visage baissé. Dans l'ambulance il faisait sombre. Dans la salle d'attente il n'a pas osé l'observer. De sorte qu'elle aurait pu ce soir être loin de lui, loin de Gesa, il n'en saurait ni plus ni moins. En ce moment elle est au chevet du Hongrois, elle le veille, peut-être lui tient-elle la main comme tout à l'heure les internes, et Philippe ignore comment est son visage. « Les yeux, les regards, les mains, les visages... » On a peu de mots pour aimer ou pour haïr. Les hommes sont-ils seulement leurs gestes, leurs signes ? Et notre mémoire, au dernier jour, quand elle cherchera des résumés définitifs, ne trouvera-t-elle que le souvenir furtif de ce qui est le plus vulnérable, le plus éphémère ? « Comment son visage est-il dans l'amour ? » Oh, phrase absurde ! Elle se glisse en lui. Elle éclate dans son silence. Naguère il l'a souvent posée, cette question, pour lui, secrètement, sans pouvoir répondre. Élisabeth n'acceptait l'amour qu'au fond de la nuit. Comme elle doit le trahir, ce soir, son pauvre secret ! Comment est son visage, penché sur Gesa qui meurt, dans l'angoisse, dans la pitié – « dans l'amour » ?

Le petit trou noir par où s'écoule la substance de la vie, de la patience, de la paix, c'est cette ignorance du visage d'Élisabeth, d'Élisabeth elle-même, attachée loin de Philippe, au fond des bâtiments et des cours de l'hôpital, à ce peu de vie inexplicable et menacée que des médecins s'acharnent à maintenir chez Gesa. Quand elle reviendra ce sera comme d'un voyage, avec ce visage inconnu, transfiguré par des visions nouvelles, marqué par le temps de l'absence, que les amants incrédules ne reconnaissent pas, dans les gares, à ceux qu'ils aiment et qui leur sont rendus. De ce voyage reviendra-t-elle en amie ou en ennemie ? Livrée ou délivrée ? Sienne ou prisonnière ? Le temps coule, et par le trou noir la vie intarissable s'écoule comme le temps.

⁂

Cette parodie d'attente est exaspérante. Gesa imposera-t-il jusqu'au bout sa loi paradoxale ? La vie d'Élisabeth et celle de Philippe vont-elles converger maintenant vers ce lit d'hôpital, vers le box où l'on a enfermé Gesa pour qu'il meure discrètement si la strychnine ne fait pas son effet ? Comme hier elles convergeaient vers cet étranger moins important que l'épreuve dont il était l'occasion ? Comme demain, peut-être, dans l'évocation amère de cette épreuve, vers le souvenir d'un mort ?

Philippe avait promis de téléphoner à l'interne pour lui dire le résultat de sa visite à l'hôtel du Hongrois. Il ne le fait pas. Ainsi frappe-t-on parfois un malheureux qui s'accroche stupidement à vous, et que l'on aurait voulu aider. Le sort de Gesa est comme un aimant, ou comme de la glu. Tout y colle. Cette soirée entière y colle. Et les pensées de Philippe. Ainsi essaie-t-il de s'y arracher. Il attend. Il est trop tôt encore pour épiloguer. Tout est suspendu au combat qui se joue dans la petite salle de Cochin.

Maintenant Philippe allume la lumière, ouvre toutes les portes de communication entre les pièces de l'appartement. Si c'était l'été et que les fenêtres fussent ouvertes, un air rapide circulerait à travers la maison avec les bruits de la rue.

Ils ont choisi la voie étroite. Philippe sait qu'il la suivra toute sa vie. Ni par respect, ni qu'il ait l'imagination courte. Mais par orgueil. Cette métamorphose de la fidélité lui est trop familière pour l'étonner. Les choses sont ainsi. Philippe ne cherche pas quelle réparation d'obscurs outrages il a voulu trouver dans le mariage. Il sait que la tentation l'assaille parfois de tout abandonner. Il arrive que sa jeunesse reflue en lui comme une armée battue rentre dans ses murs, et s'insurge. Mais le temps vient à bout de ces rébellions. Il arrivera souvent encore que le désir le surprenne à l'improviste, avec ce goût déchirant de l'été, des promenades du soir, de la jeunesse qui passe. Mais il n'y a pas de commune mesure entre ces flammes brèves et la grande chaleur industrieuse du mariage. L'ordre l'emporte. Philippe se sent ce soir à l'extrême détour d'une démarche pleine de risques. Élisabeth peut encore jeter par terre tout l'édifice, s'enfuir, les dispenser tous deux de cet héroïsme sans gloire, donner à la vie un tour insolite, scandaleux, romanesque. Mais est-ce imaginable ?

Voici ce qu'attend Philippe : cette décision commune qu'il a remise entre les mains d'Élisabeth. Ainsi s'accomplit la prédiction qu'il a formulée dès le premier jour et qu'elle ne comprenait pas : « Je ne m'opposerai jamais, je n'interviendrai jamais. » Et il ajoutait pour lui : « Je ne t'aime pas assez pour te disputer aux sorts contraires. » Et puis, la vie réserve des compensations aux indifférents. Un armateur qui a largement assuré son navire craint moins la tempête.

⁂

Il était un peu plus de dix heures lorsque le téléphone sonna.

Philippe entendit une voix d'homme qui écorcha son nom. C'était l'interne. Philippe lui annonça la dose. Son interlocuteur le remercia d'un ton bref sans faire de commentaire. Il y eut un conciliabule confus dont on ne prit pas le soin d'exclure Philippe. La voix de l'interne, lointaine, dit :

– Allez la chercher puisqu'elle l'a demandé.

Puis, toute proche :

– Ne quittez pas l'appareil, monsieur, votre femme désire vous parler.

Il s'écoula plusieurs instants.

La voix d'Élisabeth, semblable à elle-même – égale, élégante, nette – fit à Philippe l'effet d'un jet glacé sur la poitrine.

– C'est toi, Philippe ? disait-elle. Rassure-toi : Gesa est sauvé. La quantité de gardénal qu'il prétendait avoir absorbée semblait énorme, mais on lui a tout de même administré la dose de strychnine correspondante. C'est ce qui va le sauver. Tu as vérifié, n'est-ce pas, à l'hôtel ? Mais les médecins disent que le coma sera long. Peut-être plusieurs jours. Il pourrait aussi rester des traces, même lorsqu'il paraîtra tout à fait remis.

– Alors ?

Le mot lui avait échappé.

Élisabeth parut décontenancée, car il y eut un silence avant qu'elle ne répliquât.

– Je me sens complètement inutile. Je crois même que j'embarrasse. Je vais rentrer.

Philippe répondit n'importe quoi, attentif seulement à n'être pas trop bref. À ce moment, comme il regrettait qu'ils n'eussent pas d'enfant. Il rêvait de pouvoir dire, simplement : « Oui, ton fils t'attend », sans rien ajouter, mesurant au silence éperdu d'Élisabeth jusqu'où porterait cette espèce de chantage. Il entendit encore :

– Je vais demander les heures des visites. À tout de suite.

Elle raccrocha la première, par affectation, comme elle faisait toujours. Était-elle donc si calme ?

Philippe eut un geste d'acteur, debout, l'écouteur à la main, pour passer plusieurs fois sa main gauche sur son front. Élisabeth rentrait.

Ainsi récolte-t-on la moisson semée au long de trois années de patience.

– Les heures de visite...

Élisabeth s'installait déjà dans sa vie de garde-malade, de grande sœur grondeuse et attentive, de femme optimiste habituée dès l'adolescence au langage des maisons d'accouchement et des convalescences. Elles ont toutes en elles une sainte qui attend son heure.

Philippe raccrocha.

Il évalua le temps qu'il fallait à Élisabeth pour sortir de l'hôpital, trouver un taxi et accomplir le trajet jusqu'à la maison. Avant qu'elle ne sonnât, il lui restait vingt minutes de solitude.

⁂

Ainsi, voilà qu'elle lui était rendue. Pour quelle épreuve ? Ce dénouement ne dénouait rien. La vie ne rebondit pas, elle coule. Gesa n'allait pas mourir. De quelle absurde ou subtile manœuvre avaient-ils été tous trois les instruments ? Le sort déplace-t-il souvent ses pions pour rien ? Nos lois du bien et du mal ont un rôle bien effacé dans ces parades, dans ces barouds d'honneur que nous menons aux confins du mensonge et de la vérité. Dès le premier jour, l'homme et sa femme savent qu'ils vont livrer une bataille. Ils en croient le sort incertain, les règles trompeuses. Ils découvrent trop tard que c'est une bataille sans règles – et sans vainqueur.

Se trompait-il ? Était-il trompé ? Philippe n'en savait rien et pensait que c'était bien ainsi. Il aimait accepter. Il souhaitait que la vie accomplît ses promesses, sans nulle extravagance. Il attendait un avenir laborieux, fidèle à l'image qu'il s'en était faite. Il imaginait une maison, un jardin, la marche lente des années.

Philippe attendait Élisabeth.

On ne se soumet pas sans détresse à un rôle. On ne s'en démet pas non plus si facilement. D'ailleurs, se soumettre, se démettre : ce sont des mots. Si l'esprit ne choisit jamais entre les mots, la vie se charge de choisir entre les courages. La chance s'use, mais elle ne s'épuise pas. Et l'on n'a jamais fini de courir sa chance.

Paris, 1950-1951.

Du même auteur

Les Orphelins d'Auteuil, *roman,* Plon, 1956.
Le Corps de Diane, *roman,* Julliard, 1957.
Les Chiens à fouetter, Julliard, 1957.
Portrait d'un indifférent, « Libelle », Fasquelle, 1957.
Bleu comme la nuit, Grasset, 1958.
Un petit bourgeois, Grasset, 1963, les Cahiers rouges et Grasset, 1992, nouvelle édition.
Une histoire française, Guilde du Livre, 1965; Grasset, 1966 (Grand Prix du Roman de l'Académie française).
Le Maître de maison, *roman,* Grasset, 1968 (Plume d'Or du *Figaro littéraire*).
La Crève, *roman*, Grasset, 1970 (Prix Femina).
Allemande, *roman,* Grasset, 1973.
Lettre à mon chien, Gallimard, 1975.
Lettre ouverte à Jacques Chirac, Albin Michel, 1977.
Le Musée de l'homme, Grasset, 1978.
L'Empire des nuages, Grasset, 1981.
La Fête des pères, Grasset, 1986.
En avant, calme et droit, *roman,* Grasset, 1987, Le Rocher, 1993.
Au marbre : chroniques retrouvées 1952-1962, avec Françoise Sagan et Guy Dupré, Quai Voltaire, 1988.
Autos graphie, Albin Michel, 1990.
Bratislava, *roman,* Grasset, 1991.
Le Gardien des ruines, *roman,* Grasset, 1992.
Mauvais genre, entretiens avec Frédéric Badré et Arnaud Guillon, Gallimard, 1996.
Roman volé, Grasset, 1996.
BB 60, Dilettante, 1996.
Le Bar de l'escadrille, *roman,* Grasset, 1998.
À défaut de génie, Gallimard, 2000.

Suite du même auteur

Albums :

Hébrides, avec des photographies de Paul Strand, Guilde du Livre, 1962.

Vive la France, avec des photographies d'Henri Cartier-Bresson, Robert Laffont, 1970.

Du bois dont on fait les Vosges, avec des photographies de Patrick et Christine Weisbecker, Le Chêne, 1978.

Metz la Fidèle, avec des photographies de Jean-Luc Tartarin, Denoël/Serpenoise, 1982.

Ce volume a été composé
par Euronumérique
et achevé d'imprimer en avril 2002
sur presse Cameron
dans les ateliers de
Bussière Camedan Imprimeries
à Saint-Amand-Montrond (Cher)
pour le compte des Éditions Stock
27, rue Cassette, 75006 Paris

54-02-5498-01/8

N° d'Édition : 13330. — N° d'Impression : 021891/4.
Dépôt légal : avril 2002.

Imprimé en France
ISBN 2-234-05498-2